ベリーズ文庫

独占欲高めな社長に捕獲されました

真彩 -mahya-

STARTS
スターツ出版株式会社

目次

社長の言いなりになるしかないのか

ある日私は、カオスな部屋に立っていた。

壁一面に、女児に人気の魔法少女アニメのキャラクターが描かれた壁紙が貼られているこの部屋は、とあるファミリー向け宿泊施設の一室。

壁紙だけじゃない。ベッドカバーも同じキャラクターが描かれ、ベッドの脇にあるキッズスペースのマットも、テーブルも、壁際に置かれたおままごとセットも、ぬいぐるみも全部、同じアニメのグッズ。

壁には天蓋を模した、実用性ゼロのレースカーテンが括《くく》られた状態で飾られている。

キャラクターイラストを可愛《かわい》く見せるためだ。

とにかく細部まできらきらと輝く、夢に溢《あふ》れたこのダサい世界を作り上げたのは、他でもない私。それが私の仕事だ。

「うん、いいね。絶対子供が喜ぶよ。横川《よこかわ》さん、合格〜」

「ありがとうございます」

最近孫が生まれたばかりの課長が、超絶ダサい部屋をぐるりと見回して笑顔でうなずく。

子供のいない私には、これのどこが『いいね』と言われる部屋かさっぱりわからない。けど、既に結婚して子供を持っている友達の『子供はなぜかダサいものが好き』という意見を参考に作っただけ。

耐えろ、私。今日は金曜日。もう少し頑張れば休日だ。

やりがいのない仕事で一発ＯＫをもらった私は、職場からかなり離れたその場所から直帰することを許された。

普段仕事をする本社は、東京都内にある。交通事業を基盤に、不動産、ホテル・リゾート事業など幅広い分野に手を広げている巨大グループの中の一社。

ホテル・リゾート事業を統括するわが社の中で、私はホテルの内装をデザインする部署に所属している。

デザイナーの意思に沿い、そのホテルのコンセプトに合う壁紙や家具、絨毯《じゅうたん》などを探し、仕入れてくる。安く仕入れられるように交渉もする。

といっても私は、新しく建設されるホテルの部屋を任されたことは、まだない。老朽化したホテルの改装だとか、今のような観光ホテルのイベント用の部屋を手がけた程度だ。

ロビーに差しかかったとき、壁にかけられている一枚の絵の前で立ち止まった。

四つ切り画用紙くらいの大きさで、お湯に浸《つ》かった赤い顔のニホンザルが、なぜかおちょこでお酒を飲んでいる。ほっこりする絵だった。

この辺が温泉地だからだろうけど……。

私は首をひねる。ほっこりする日本家屋風のホテルとか古民家風の宿なら、これでもいいかもしれない。でもこのファミリーホテルは、天井の照明はシャンデリアで、ツルツルのロビー。どこにでもある近代的な建物。

この絵は、ここにあるべきものではない気がする。もっとはっきり言えば、ミスマッチ。

「これ、どう思います？」

突然、隣から声をかけられた。驚いて振り向くと、隣に背の高い男性が立っていた。

この場に不似合いな細身の高級スーツを着た、二十代後半くらいに見える男性。絵から視線を外してゆっくりこちらを向いた顔に、思わず見とれる。

きりっと上がっている二重《ふたえ》の目。意志の強そうな直線的な眉毛に、大きめの口。

「この絵のことですか？」

不躾《ぶしつけ》に見つめてしまった自分を隠すように、勢いよく絵に視線を戻す。ひとつに縛っている髪が首を叩《たた》いた。

「ええ」

「ほっこりする絵ですよね。でも……」

「でも？」

「もっとあっさりした風景画でもいいと思います。船を描いたイラストとか。これはあまりに日本風で、ここでは浮いているかな、と」

絵の前で腕組みした彼は、小さくこくりとうなずいた。

「同感です」

彼はおそらくほとんどの宿泊客がスルーするであろう絵を、真剣に見ている。不思議な人。よっぽど絵が好きなのかな。

しかしこの人の顔、どこかで見たことがあるような……。もしや、芸能人？　それにしては顔を隠していない。

「ここへは、お仕事で？」

男性が不意にこちらを向くから、不覚にもドキリとした。

「え、ええ」

私の服装を見て言ったのだろう。浴衣《ゆかた》だらけのファミリーホテルの中で、明らかに浮いているブラウスとタイトスカート。ワインレッドのスーツケース。パンプスを履いた足。

「今から、お時間はありますか」

「えっ」

「よければ、食事でも」

真面目《まじめ》に絵を見ていたときはへの字だった彼の口の端が、ほんのわずかに上がった。

これって、ナンパ⁉　まさか！

急に恥ずかしくなった私は、思いきり首を横に振る。

「約束がありますので。失礼します」

早歩きでその場から立ち去る。

いけない、いけない。絵の話をきっかけに入ってきたから、すっかり気を許してしまうところだった。どんなつもりか知らないけど、初対面の異性を食事に誘う人は、信用できない。

「あ、おばあちゃん？　今からそっちに帰るよ。もー、昨日言ったでしょ。仕事でそっちの方面に行くから、直接帰るって」

ホテルを出てすぐ、携帯でおばあちゃんに連絡する。ここから彼女が住む実家まで、二時間もかからない。

毎週土日を、私は静岡県の実家で過ごしている。

「ん？　いいの、新幹線を使えばすぐだし。お金？　大丈夫。何回も言っているけど、他に使い道ないんだから。じゃあね」

強制的に会話を打ち切り、ホテルのロータリーから駅前に向かうバスに乗った。

窓の外では、海に夕日が沈んでいく。ランボーの詩を思い出す。太陽と番《つが》った海に照らされるオレンジ色のビーチ。

出張でプチトリップ気分を味わえるのが、現職の唯一の救いだ。

駅前でバスを降り、実家へ向かう新幹線に乗る。課長は、他の社員が手がけた男児ルームの手直しをするためホテルに残るそうだ。

ちなみに男児ルームには、人気の特撮ヒーローが……って、どうでもいいや。

頭の中からカオスな男児ルームの光景を追い出し、座席のシートを少し倒して、まぶたを閉じた。

翌朝、実家で目が覚めると、やけに頭がすっきりしていた。田舎《いなか》の空気のおかげだろうか。

東京で借りている部屋では、平日のストレスのせいか、いくら早くベッドに入ってもなかなか寝つけず、起きたときはなんとなくだるい。

学生時代までを過ごした自分の部屋で着替えをする。小さなチェストには、ここに来たときのための服が何着か入っていた。

シンプルな長袖Tシャツとチノパンを着て、階段を下りた。

一階から、コーヒーのいい香りが漂ってくる。階段を下りきると、そこには普通の住宅にはない広い空間が広がっていた。

土足用のスニーカーを履いて下り立つと、壁やイーゼルにかけられた絵画たちに囲まれる。柔らかな色彩のそれらをぐるりと見回すと、奥にあるカウンターから声が聞こえる。

「おはよう、美羽《みわ》。よく眠れた?」

カウンターに近づくと、その上にぽんとフレンチトーストが載った皿が置かれた。

相変わらずおいしそう。

フレンチトーストの香りを吸い込みながら、椅子にかける。

「うん、やっぱり実家は最高。あと、おばあちゃんの料理を食べたからかな」

フォークを持つと、カウンターの中の年配の女性……私のおばあちゃんは、丸い顔でにこりと笑う。年のわりにはしわが少なく、髪は真っ白で、わが祖母ながら可愛いおばあちゃんだ。

おばあちゃんはひとりで、この『横川円次郎《えんじろう》ギャラリー』を経営している。

三角屋根にレンガ風のタイル。イギリスの伝統的な住宅風に造ったこの家は、画家だったおじいちゃん、横川円次郎が建てたもの。

二年前に彼が亡くなったのを機に改装し、ギャラリーと小さなカフェスペースをオープンした。カフェはギャラリーとガラス戸一枚を隔てて、奥のカウンター席とテーブルセットがふたつ、テラス席がひとつの小さなものだ。

おばあちゃんがひとりで切り盛りしているこのギャラリーは、お世辞にも繁盛しているとはいえない。

ギャラリーの方は、おじいちゃんのファンの人々が、たまにふらりとやってくる程度。カフェのメニューは少ない。飲み物と〝本日のお菓子〟、あるいはパイなどの軽食だけ。お客さんのほとんどは、おばあちゃんのコーヒーや手作りケーキを求めてやってくるのだった。

それでもおばあちゃんは満足しているようだ。たとえ売れなくてもおじいちゃんの本物の絵を見てもらい、お客さんにお茶を出して少し話ができればそれでいいらしい。

「いつも暇なのは知っているでしょ。そんなに頑張って、来なくていいのよ」

手伝いと称して土日に実家に入り浸る私に、おばあちゃんは毎回そう言う。

「来ちゃダメなの？」

「そうじゃないけど……他にしたいこともあるでしょう」

「昨夜も言ったけど、特にないの。仕事で疲れて、帰ったら寝るだけ。休日も寝て終わるよ」

私がここに来るのは、高齢のおばあちゃんが心配というのももちろんある。けれどそれ以上に、ここが好きだからだ。

あっという間にフレンチトーストを平らげると、おばあちゃんはコーヒーを出しながら眉を下げて笑った。

「なら、こっちで就職すればいいのに。この辺りにあるデザイン事務所とか、探してみたら？」

もう何度同じ会話をしただろう。今度はこちらが苦笑する番だった。

「探してはいるよ。でも私は、本格的にデザインの勉強をしたわけじゃない。ただの絵画好きの私を雇ってくれるところは、簡単には見つからないよ」

おじいちゃんの影響で、私も幼い頃から絵を描くことが好きだった。なんとか美大に受かり、調子に乗って海外留学までした。

でも、私はおじいちゃんと同じプロの画家になることはできなかった。

才能がなかったと言えばそれまでだろう。どんなに頑張っても箸にも棒にもかからず、大学三年になる頃には自分にさっさと見切りをつけ、今の会社に就職を決めた。

デザイン系の仕事に就けたら、好きなことと共通する部分も多いし、頑張れるだろうと思っていた。けれど、現実は厳しい。

「でも昨日、散々愚痴っていたじゃない。ほら、なんだっけ。ヨネちゃんのひ孫さんが大好きな漫画の……」

「〝プリムーン〟ね。漫画じゃなくて、アニメね」

「そう。『どうして私が、あんなダサいアニメ部屋を作らなきゃいけないの！　プリムーンだらけで落ち着いて寝られないでしょ！』って叫んでいたでしょ」

昨夜おばあちゃんに出されたワインを飲んだ私は、相当荒れてしまった。

だって申し訳ないとは思うけど、仕事の愚痴を聞いてくれるの、おばあちゃんだけなんだもん。

東京に友達はいない。同僚はいるけど彼らに愚痴を零《こぼ》せば、どこでどう伝わって自分の首を絞めるかわからない。

「あれは本当にひどいのよ」

有名テーマパークのオフィシャルホテルのように、動物のキャラクターの輪郭をあちこちにちりばめるくらいなら、まだいい。

「知ってる？　五色のコスチュームの魔法少女が主人公なのよ。ピンク、青、緑、黄色、オレンジ。その子たちがどーんと壁全体にいるのよ」

「昨夜聞いたわ」

「顔の半分くらいが目で占拠されているキャラクターなのよ。それが部屋中にいるのよ。想像するだけで気が狂いそうでしょ！」

大きな声で力説する私に、おばあちゃんが「しっ」と指を唇の前に出す。

ハッとして振り返り、ガラス戸を開ける。すると、ギャラリーの出入口にお客さんがひとり立っていた。

高級感のあるスーツ。ボタンダウンのシャツ。きりりとした彫りの深い顔立ち。

「あ……！」

あの、やけにほんわかした猿の絵の前で会った人だ。びっくりして思わず声を上げた私を一瞥《いちべつ》し、男性はおじいちゃんの絵を眺める。

「こんにちは。ゆっくりしていってくださいね」

おばあちゃんがカウンターから出てきて、にっこりと微笑《ほほえ》む。

時計を見ると、もう十時だ。開店時間と同時にお客さんが来るなんて珍しい。

男性は私に気づく様子もなく、おばあちゃんに柔らかい笑みを返すと、飾られている絵を一点ずつ集中して見つめる。

声をかけようかと思ったけど、やめた。おじいちゃんの絵を見ている彼の邪魔をしてはいけない。そっとガラス戸を閉じる。

画廊によっては、べったりくっついて接客し、なんとか絵を買わせようとするところもあるみたい。だけどうちはおばあちゃんがそういうのを嫌うし、私自身も『買ってくれなくていいから、ゆっくり楽しんでほしい』というスタンス。

海に面したこの辺りの素朴な風景や、おじいちゃん自身がヨーロッパに留学していたときに見た、農業や漁業に従事する人々の様子を描いた絵は油彩も水彩もある。

どれも柔らかい色遣いで、水面に反射する光のひと粒まで緻密に描かれていた。

人々の表情も柔和で、悪い人なんてこの世にはいないように感じる。

そんなおじいちゃんの絵が、私は大好きだ。

誰も気にしないホテルのロビーの絵を真剣に見ていた彼だもの。きっと絵が好きなんだ。おじいちゃんの作品を知っていて、わざわざ見に来たのかな。それとも、ふらりと寄っただけ？　とにかく楽しんでくれるといいけど……。

私はテーブルを拭《ふ》くふりをして、ちらちらとガラス戸の向こうに見える彼の姿を気にしていた。

二十分後、ひと通りおじいちゃんの絵を見終えた彼が、こちらにやってきた。ドキリとする私より先に、彼がガラス戸を開く。

「すみません。こちらの責任者の方は」

「はあい」

カウンターの中から手を拭きながら出てきたおばあちゃんに、名刺を差し出す彼。

「はじめまして、横川さん」

おばあちゃんは小さな名刺を持って、それを近づけたり遠ざけたりする。老眼で、名刺の小さな字が読めないのだ。

「おばあちゃん、老眼鏡」

カウンターに置いてあった老眼鏡を渡すついでに、名刺を覗《のぞ》き見た。

「ひっ……！」

息を吸ったまま、吐けずに絶句する。

その名刺にプリントされていたのは【西明寺《さいみょうじ》ホテル株式会社　社長　西明寺昴《すばる》】。

こ、この人……昨日会ったときも、どこかで見た覚えがあると思った！

西明寺ホテル。それは私が勤める会社の名前。まさか社長が実家に現れるとは。社長とは入社式以来、直接会う機会もなく、滅多に社報も見ないので顔を忘れていた。

ただ、やたら若かったことだけは覚えている。たぶん今年で二十九歳くらいのはずだ。確か、会長の孫。いわゆる御曹司ってやつだ。どうして社長が私の実家に？

「西明寺ホテルさん……。社長さん自ら足を運んでくださって申し訳ありませんけど、私の意思は変わりません」

穏やかな口調で言ったおばあちゃん。狼狽《うろた》えているのは私だけ？

「ね、ねえ。どういうこと？」

おばあちゃんは、私が西明寺ホテルの社員ということを当然知っている。けれど、それには触れずに答える。

「社長さんの会社ね、この辺りの土地を買い上げて新しいリゾートホテルを造りたいそうなのよ」

「えっ、初耳なんだけど。しかもすぐそこにあるじゃない、他社のホテルが」

既に別のホテルがここから目と鼻の先にある。等間隔で植えられた安っぽいヤシの木が、小さなプールの周りを囲んでいる。

できた当初はにぎやかだったけど、最近はそうでもなさそう。さすがに夏休みになると、駐車場が混雑しているのを見かけるけど。

「そうよねえ。言っていなかったもの。お隣のホテル、だいぶ経営が厳しくて、土地ごと西明寺さんに明け渡すんですって。それでね、ここの土地も売らないかって。社員さんが何度も足を運んでくださったんだけど、私はお断りしていたのよ」

そんな話、今までひとこともしなかったのに。文句が口をついて出てきそうだったけど、ひとまず飲み下す。

「そちらはお孫さんですか？」

「ええ」

いきなり自分の方に話を振られ、ぎくりとする。おばあちゃんは動揺した様子もなく微笑んだ。

「昨日お会いしませんでしたか。印象が違うから、一瞬わからなかったけど」

どうやら社長は、猿の絵の話をしたことを覚えていたらしい。

「さ、さあ」

しらを切った私は、顔を隠すようにうつむいた。

「人違いかな。こんなに綺麗《きれい》な女性を見間違えるはずはないと思ったんですが」

社長はうっすらと微笑む。かっと私の頬が熱くなった。

白々しい。私たちに気に入られようと、嘘《うそ》を言っているに決まっている。だって
〝綺麗〟だなんて、今まで言われたことがないもの。そう言ってくれたのは、二年前
に亡くなったおじいちゃんだけだった。

「社長さん。せっかくですから、お茶をいかが？」

「お、おばあちゃん」

「東京からわざわざ足を運んでくださったのですもの」

何を悠長な。おじいちゃんの生きた証《あかし》が詰まった、このギャラリーが狙われてい
るのに。

早く追い返した方がいい。相手に期待を持たせて、逆切れされたら怖い。

「ありがとうございます。いただきます」

「コーヒーと紅茶と、どちらになさいます？」

「では、コーヒーを」

「かしこまりました」

カウンターの中に入るおばあちゃんのあとを追いかける。おばあちゃんは皿にクッキーを盛っていた。

「ねえ、どうして追い返さないの。あの人、私の勤め先の社長なのよ」

「知っているわよ」

「そもそも、こんな話になっていることすら知らなかった。どうしてもっと早く話さなかったの。私、絶対に反対！」

興奮する私とは対照的に、おばあちゃんは不思議なほど落ち着いている。

「〝どうして〟が多い子ねぇ。おじいさんの絵をあんなに真剣に見てくださったんだもの。粗末にしちゃバチが当たるわ」

「それだって、作戦かもしれないじゃない。こちらに好感を抱かせるための……もう！」

聞こえているのかいないのか。おばあちゃんはコーヒーをカップに注ぎ、トレーに載せた。

「はい。持っていって」

「どうして私が」

「いいじゃない。年寄りの私より、あなたに運んでもらった方が嬉《うれ》しいに決まっているわ」

そんなことあるか。

言い返す暇もなく、トレーを突きつけられた。反射的にそれを受け取る。

仕方ない。か弱い年配者を狙う悪徳業者め。自分が勤める会社だけど。私がきっぱりお断りしてやる。

どうせ末端の一社員と社長が顔を合わせることは、そうそうないんだ。仕事中はきちんとメイクをしているし、素顔に近い今の顔を覚えられたとて、恐れることはない。

私は意気込んで社長の元に向かう。

「どうぞ」

コーヒーとクッキーをテーブルに置いた。

社長がコーヒーをひと口すすったとき、こちらから口を開く。

「それを召し上がったら、お帰りください。祖母も私も、ここを売る気はありませんから」

おばあちゃんが優しそうだからって、何回も来るんじゃないわよ。

睨《にら》みつけるけど、社長は平気な顔でクッキーをつまみ、口に入れた。

「うん、うまい。あなたのおばあさんは素晴らしい腕をお持ちだ」

「おだてでくださらなくて結構です」

「いや、これは本心です」

社長はもうひと口コーヒーを飲むと、こちらを見上げた。

「本題に入りましょうか。失礼ですが、今日は相談に来たのではないのです。横川さんに選択をしていただこうと」

選択？

首を傾《かし》げると、社長は足元に置いてあったビジネスバッグから、タブレット端末を取り出す。

軽やかな指先で操作されたタブレットの画面に、一枚の書類が表示された。私はそれを覗き込む。元の書類を撮影したものだろう。端の影が全体を暗く見せていた。

「借用書です」

「借用書……」

その書類は、お金を借りるときに誰かが書いた借用書のようだった。

社長の指で拡大された債務者の欄を見ると、全然知らない人の名前が書き込まれていた。

「この人物は、ある個人から五千万円の借金をしています」

「はあ」

「しかしこの人物は夜逃げし、行方《ゆくえ》がわからなくなってしまいました。金を貸した人物は大層困っていたので、縁があったわが社が肩代わりをすることにしました。でもこのままでは私たちが損害を受けるだけ。そこで、保証人を探しています」

長い指が下から上へと動く。すると、保証人の欄が現れた。

「……は⁉」

そこにあった名前は【横川雄一郎《ゆういちろう》】。もう何年も会っていない、自分の父親の名前だった。

「あなたはこの名前を、当然知っているでしょうね」

目をむいた私に、社長は不敵に微笑む。それは今までのものとは違う、悪魔の微笑みだった。

「我々があなた方に与える選択肢はふたつ。ここから立ち退くか、ただちに借金を返済するか。立ち退いていただけるなら、借金の件はないことにして差し上げます」

「ただちに、って……」

指先が震えるのを感じた。

五千万円なんて、急に用意できるわけがない。おじいちゃんの遺産も、それほど残されていないだろう。

ぎりぎり残っていたとしても、それを使うとおばあちゃんの老後の資金をすべて吐き出すことになる。今後の生活ができない。

「でも、これは父の借金です。父が返済すべきで、私たちには関係ありません」

お父さんは画家で、根っからの自由人だ。私が幼い頃から、絵を描くために世界中を旅していた。絵が売れても、そのお金はほとんど旅費として使われる。不安定な生活に耐えられなかったお母さんはお父さんと離婚し、今はどうしているかわからない。

私が就職先に東京の大きな会社を選んだ理由には、仕事を通して、実質は行方不明状態のお父さんの居所が掴《つか》めるかもしれないという目論見《もくろみ》もあった。

お父さんは悪い人ではない。むしろ少しお人よしなところがあったので、うっかり保証人になる可能性もあると思う。

家にいるときは、うんと優しくしてくれた。今はたまに絵葉書が届く程度。

個人的な恨みはないし、嫌いじゃない。むしろ、ずっと日本にいてほしいと思っている。自分が描きたいテーマのためなら、戦地にも平気で行ったりしてしまうので、心配は絶えない。

けど今、初めて恨むよ、お父さん！　どうして五千万円もある借金の保証人になるのよ！　返す能力もないくせにー‼

「もちろんお父さまに、可能であればすぐにお願いしてください。もっとも、こちらでは彼の居所を掴めませんでしたが。果たして生きているのかも微妙ですね」

淡々と言い、残りのコーヒーを飲み干す社長。

涼しげな顔でなんということを。お父さんが死んでいるとでもいうの？

不穏な空気を感じたのか、おばあちゃんがゆっくりと私のそばに歩み寄る。

「父が死んでいれば、この借金は相続人である私が返さなきゃいけない。それはわかりますが、父が死んだという証拠はないじゃないですか」

怒りに震える声を抑え、やっと反論した。けれど返ってきたのはせせら笑いだった。

「生きているのなら、それほど結構なことはありません。とはいえ、期限は一ヵ月後。これは譲れません。もともとの返済期限を過ぎているのですから、こちらとしてもそこまでしか譲歩できない」

嫌なやつ。譲歩とか言って、全然こっちに優しくない。自分が有利だってわかっているからこその言い方だ。

「ここを売れば、お父さまの借金はチャラになる。そうですね、ここの絵も正規の値段ですべて買いましょう。荷物は少ない方が新生活もスムーズに進む。悪くない話だと思いますが」

嘲笑を浮かべてこちらを見下ろす社長に、怒りが湧く。

イケメンで、絵が好きそう。それだけの条件で、一瞬でもときめいた私が間違いだった！

おじいちゃんの絵は、本当に気に入ってくれた人に譲るべきだ。荷物呼ばわりするこいつに渡したら速攻で捨てられるか、ネットオークションに出されちゃう気がする。

「一ヵ月で雄一郎が見つかるかしらねえ……」

のんびりした声に振り向くと、おばあちゃんが眉を下げて頬に手を当てていた。

たまに届く絵葉書にはまさしく絵しか描かれておらず、近況を知らせるものはどこにもない。あちらから連絡を取ろうとしない限り、居所は容易には掴めないだろう。

「ここを売るしかないのかしら。雄一郎が帰ってきたって、五千万円は用意できないでしょうし」

おばあちゃんがため息をついた。

「ちょっと待ってよ。そんな簡単にこの土地を手放していいの？」

逃げ腰のおばあちゃんの言葉に、思わず大きな声を出してしまった。

「いいわけがないわ。私はここが大好きだもの。おじいさんが建てて、雄一郎とあなたが育って……」

おばあちゃんが遠い日を思い出すように、カフェスペースの窓から外を眺める。

自然に近い雰囲気に植物を植えたイングリッシュガーデンの向こうに、海が見える。

六月の今、庭には同系色にまとめられた薔薇《ばら》が、敷地の出入口に作られたアーチにも花を咲かせていた。

おじいちゃんをはじめ、家族みんなが愛した景色だ。簡単に手放せるわけはない。

「今あるホテルを改装するだけじゃダメなんですか？　じゅうぶん大きいのに」

「改装だけでは顧客を呼び込めません。できればここも更地にし、周辺の土地と合わせて巨大な温泉施設を作りたいと思っています」

社長はタブレットを操作し、新ホテルのイメージイラストを見せてくる。けど、私はそれに興味はなかった。

「他に……選択肢はないんでしょうか」

「ほう？」

こちらを見上げる社長の目が、きらりと光る。まるで私を品定めするかのように見つめる彼は、完全に悪役だ。

「私にできることなら、なんでもします。お願いします。ここを残してください。お金は父を見つけて、いつかきっとお返ししますから」

プライドを捨て、深く頭を下げる。

この土地も、おじいちゃんの絵も、手放したくない。

けれど私の頭に降ってきたのは、冷ややかな笑いだった。

「どうやって返すと言うんだ？」

「え……」

急に横柄になった口調に驚き、思わず顔を上げた。社長は口の片端だけを上げ、私を憐《あわ》れむように見ている。

「お前がうちの社員だってことは調べがついている。ぺーぺーの社員が何年働いても、この借金は返せないだろう」

さーっと血の気が引いていく音が、耳の奥で聞こえた。

社長は、おばあちゃんの周辺を丹念に調べたに違いない。そのうちにお父さんの借金を見つけたのだろう。孫がどこで働いているかも、バレているのが当たり前だ。

「昨日は真面目に働いていると思ったが、朝から威勢のいい声で愚痴を言っているのを聞いて、がっかりしたよ」

彼は肩をすくめ、大げさに残念がっているように見せる。

マジか。プリムーンルームをこき下ろしているのを聞かれていたとは。いったいどこからどこまで聞かれていたのか。

背中を冷たい汗がだらだらと流れる。

「画家の孫なら、あのファミリールームを許せないと思うだろう。正しい神経だ」

「は……」

「しかしお前はわかっていない。あれは『子供や孫に喜んでほしい』と思う親や親戚の自己満足を叶《かな》えるための部屋だ。あの部屋で子供が喜べば、保護者の自己肯定感が増す。ホテルの満足感に繋《つな》がる。あんな気色悪い部屋でも需要があるんだよ」

最低な言い分だ。でも、私も同じことを思っていた。『こんなの、親の自己満足のためにある部屋じゃないか』と。だから言い返せない。

これで会社もクビか……完全に退路を断たれた。

私とおばあちゃんに多額の借金を返すあてはない。社長の言いなりになるしかないのか。

唇を噛《か》む私の横で、ほくそ笑む社長。彼が何か思いついたように指を鳴らした。

「できることならなんでもすると言ったな」

自分の発言を今ほど後悔したことはない。この冷血社長なら、人身売買でも平気でやってのけそう。

「は、はい……」

終わった。儚《はかな》かったな、私の人生。きっと外国に売られて、臓器を取り出されて、どこかの山か海に捨てられるんだ……。

妄想がひとり歩きする私に、社長は意外な提案をしてくる。

「一ヵ月以内に、今度オープンする別の新ホテルのラウンジに飾る絵を探してこい」

「絵を？」

「模写でもリトグラフでも、油彩でも水彩でも構わない。宗教画でも、近代美術でも。俺が認める絵を探してこられたら、借金をチャラにしてやろう」

私は彼の秀麗な顔を見て固まる。

なんだそれ。なんでもいいと言いながら、何もよくないじゃない。

「そんなこと言って、私が何を持ってきてもダメだって言うつもりなんでしょう？」

会社と関係ない第三者が評価するならともかく、社長ジャッジじゃ話にならない。

言い返すと、社長は冷ややかに私を見下ろして言う。

「見くびるな。お前が本当にふさわしい絵を持ってきたら、素直に評価してやる」

「嘘くさいんですけど……」

じとっと私が見つめても、彼は気にしない。

「どうする？　挑戦するもしないも、お前の自由だ」

ちらっとおばあちゃんを見る。母親代わりに私の面倒をずっと見てくれた彼女の手は、枯れ木みたいにしわしわで、胸が痛くなる。

おじいちゃんが死んでしばらく、元気がなくなっていた頃の彼女を思い出す。このギャラリーを開いて、少しだけど彼女のお菓子やお茶を目当てに人が来るようになって、やっと元気になったところなのに。

「わかりました。やります」

彼女から、生きる希望を奪ってはいけない。

「社長が認めてくださる絵を探します」

決然と言い放った私を、社長は目を細めて見た。新しいおもちゃを見つけた子供……いや、獲物を見つけた獣のごとく、黒い瞳が輝く。

「よし、決まりだ。せいぜい頑張れよ。ああ、普段の仕事も手を抜かないように。当たり前だよな」

さっさとバッグにタブレットをしまい、クッキーを口に放り込んで咀嚼《そしゃく》し、飲み込むと、彼は空になっていたカップを掲げた。

「もう一杯いただけますか。あなたのコーヒーは絶品ですから」

にっこりとおばあちゃんに向かって微笑む西明寺社長。

黒っぽいスーツをまとった彼の姿が、私には本気で悪魔、あるいは死神にしか見えなかった。

オプションで彼の背後に、ロダンの彫刻『地獄の門』が見えた気がした。

彼が無償でこんなことをする理由が
見つからない

これは……無理かもしれない……。

西明寺社長と約束を交わし、東京に戻ってから新ホテルにふさわしい絵を探しているのだけど、三日目にしてもう、どん詰まり。

社長に聞いたホテル名を検索してみるも、まだオープンしていないホテルのこと。画像が少なく、雰囲気が掴めない。

オープンまであと一ヵ月ならば、建物自体はできているに違いない。しかし、会員限定の宿泊施設とのことで、仕事で関わっていない私が簡単に出入りすることは難しそうだ。

仕事中は忙しくてそっちの調べ物ができない。実質動けるのは、昼休憩と終業後、土日のみ。

「ラウンジっていっても、どんなラウンジなのか、ちゃんと聞いておけばよかった……」

休憩中にぶつぶつ言いながら、自宅から持ってきたふりかけを混ぜただけのおにぎりを食べる。

社長に用があるなら社内メールを使えばいいのだけど、できるだけコンタクトを取りたくない。

一度質問をすれば、悪魔の微笑みを浮かべながら、『助言をやる代わりに』と言って別の交換条件とかを出してきそう。

でも、さすがにこのままじゃらちが明かない。ものすごく不本意だけど、ラウンジの画像を送ってもらえないか、社長に頼んでみるしかないのか……。

うんうん唸《うな》っていると、急に肩に手を置かれた。

「ずいぶん仕事熱心だな。何やってんの」

「わあ！」

慌てて、新ホテルの情報を検索していた画面を最小化する。会社のパソコンを私用に使うのは禁止されているからだ。

マウスを握る手の横に、ぽんとチョコレートの箱が置かれた。

「最近、昼もまともに食ってないみたいだけど。大丈夫？」

振り返ると、同じ部署でふたつ年上の松倉《まつくら》先輩が立っていた。

少し茶色がかった髪。丸くて黒いプラスチックのメガネに細身のスーツ。顔の造りがものすごくいいわけではないけど、髪型や小物に気を使っているので、イケメンに見える。

「先輩こそ、忙しそうじゃないですか」

松倉先輩は仕事ができるので、高級ホテルのデザインにも多数携わっている。決して幼児ルームを担当させられたりしない。

高級ホテルに置くものは、一流のものでなくてはならない。あの悪役社長はそういう考えらしく、松倉先輩はよく海外出張までして、それぞれの部屋に合うソファやベッドを探しに行かされている。

景気よく出張費を出してもらえるのも、松倉先輩の仕事ぶりが評価されているからこそだけど……ああ、羨ましい。私もこういう社員になれたらなあ。

「まあね。やっと、担当していたホテルがオープンするだけになったよ。だからこうして社内にいられるわけだ」

「オープン……もしや、都内にできた会員制の？」

同じ時期にオープンする高級ホテルは他にない。希望を込めて見上げると、松倉先輩は少し驚いたようにまばたきした。

「そう、それ。よく知ってるな」

ビンゴ！　なんたる偶然。

内心喜びながら、なぜそのホテルのことを知っているのか、説明に苦労する。借金云々《うんぬん》の話はなるべくしたくない。

「あ、ほら……社内メール、回ってきたじゃないですか。社員は優待価格で会員になれるって……」

その会員権が、一番小さい部屋で四百万円。広い部屋だと一千万円超え。何人かの会員でシェアして使うシステムだ。払うお金によって、年間に宿泊できる日数が決まる。会員権だけでなく、年会費、維持費が必要で、それが大体、年間三十万円と知ってドン引きした。

当然、会員権と年会費だけで泊まり放題なわけじゃない。宿泊するには一番安い部屋で一泊五万円。最上階に近づくほど値段は跳ね上がっていく。

「あれな。平社員で会員になれるやつはいないよな。なるとしても役員だけだろ」

小さな声で笑う松倉先輩の目が、細くなる。

こういう気取らないところ、好感持てるなあ。社長だったら『このホテルのグレードからすれば安いものだ。高いと言うやつは感覚が貧しい。残念極まりない』とか言って、せせら笑うのだろう。

社長が悪魔なら、松倉先輩は天使だわ。慈しみ深い心で私を救う。

松倉先輩の頭の上に光輪が、背後にテンペラで描いたような羽が見えた気がした。

私は立ち上がり、松倉先輩に詰め寄る。

「会員になれなくても、一度どういうところか見てみたいんです。今後のために」

「へえ」

「先輩がどういうお部屋を作ったのか、ぜひ勉強させてください。今度お仕事で行くことがあったら、私も連れていってほしいんです。お願いします！」

他の社員はランチに出ていて、オフィスの中には私と松倉先輩のふたりきり。チャンスは今しかない。

私は額を床にこすりつけるくらいの勢いで、深く頭を下げた。

「……それって、僕とそこに泊まりたいってこと？」

「え？」

意外な返事が聞こえて、思わず顔を上げた。松倉先輩は照れたように、にやにやと笑っていた。

「それならそうと、素直に言えばいいのに」

「あのー、先輩？」

私がいつ、松倉先輩とお泊まりしたいって言った？

「そう言って誘ってくる子、今までに何人もいたよ」

そういうことか！　仕事の勉強と言いながらホテルに誘う女性社員が過去にいたってことだ。しかも何人も。

松倉先輩、モテるらしいからなあ……と、感心している場合じゃない。

「そ、そういう意味ではないんです。本当に、内装の勉強に……」

「照れなくてもいいよ」

「照れていません！」

お願いです。話を聞いてください。

心の底から否定すると、課長がランチから戻ってきた。

「おお、お前ら早いな。感心感心」

いつの間にか午後の仕事開始の時間。オフィスにひとり、またひとりと社員が戻ってきた。

くそう。松倉先輩のとんちんかんな切り返しのせいで、話が進まなかった。せっかく例のホテルの仕事をしている人物を見つけたのに。

松倉先輩は意味ありげな視線だけを投げてよこし、自分の席に戻っていく。

私はなんの反応も返さず、パソコンの陰に隠れて舌打ちをした。

感じがいいと思っていたけど、とんだナルシストの遊び人だったのね。

あーあ、優しくてチャラくない彼氏が欲しいな。私のことを一番に考えてくれる彼氏が。……って、借金があっちゃ、恋愛も結婚も無理だよなあ……まともな人なら、ドン引きするに決まっている。

とりとめもないことを考える自分に気づいて、うんざりした。

恋愛のことを考えている暇なんてないのに。追い込まれて疲れているみたいだ。

仕事はしっかりしなくては、と深呼吸してパソコンに向き直った。けれど、ほとんど集中できずに終業時刻を迎えてしまった。

午後五時。

——もうダメだ。早く帰ろう。

ちっともはかどらない仕事に見切りをつけ、席を立つ。

家のパソコンで、もう少し詳しく調べてみよう。同じタイプのホテルのラウンジなら、宿泊客のブログなんかに写真が載っているかも。それらを頼りに、宿題の絵の手がかりを探すんだ。

頭の中では新しいホテルと、お父さんの借金と、おばあちゃんの愛するギャラリーのことがぐるぐる駆け回っていた。

「ねえ、横川さん」

人が少なくなってきたオフィスを出た瞬間、背後から自分を呼ぶ声がした。

考え事をしていたせいで、振り返るまでにいつもより時間がかかった。

振り向いた視線の先にいたのは、松倉先輩だった。人あたりのよさそうな笑顔でこちらを見ている。

「さっきはからかってごめん。例のホテルの内装を見たいんだよね、勉強のために」

相手の目的がわからず、首を傾げた。廊下を通る人の視線を気にするように、彼はこちらに近づいて小声で囁《ささや》くように話す。

「実は今、内覧会をやっているんだよ」

「えっ、内覧会！」

どうしてそれを早く言わなかったの。

小綺麗な松倉先輩の顔をじっと見つめ返す。

「宿泊代金はかかるけどね。実際の宿泊施設を使ってみて、気に入ったら会員になってくださいっていう狙いだ」

「なるほど」

同じ系列のホテルを使ったことがある人ならともかく、全然中身がわからないホテルに大金を出して会員になる人は少ないだろう。

これはまたとないチャンスだ。希望を見いだした私に、松倉先輩が言う。

「そう。一緒に行く？　週末にひと部屋予約しているんだ。内装担当者として、実際に泊まってみろってことで、会社から無料で予約票をもらったから」

「一緒に……」

松倉先輩が胸ポケットから、免許証ほどの大きさのカードを取り出してみせた。ブラウンの紙に白字で宿泊日時などが印字されている。

「もう予約がいっぱいらしくてね。予約票がない人は、門前払いを食らうらしい」

聞いてもいないことを親切に教えてくる松倉先輩。暗に『自分と一緒に行かないと中に入れないぞ』と言っているのだろう。

「そうなんですね」

身の危険を、ひしひしと感じる……。

さっきからの流れを考えると、松倉先輩は、自分が私に好かれていると思ったらしい。この展開に流されるまま彼についていったら、セクハラまがいのことをされる確率は高そうだ。自意識過剰かもしれないけど。

「どうする？」

ああ、さっきは天使の羽が見えたのに。小首を傾げる松倉先輩が悪魔に見えてきた。人を誘惑する悪いやつ。私の周り、悪い男ばかりかよ。

ここはひとつ、松倉先輩を信じてついていこうか。必ずセクハラをされるとは限らないよね。

たとえ、されたとしても……やっぱりそれは怖いし、気持ち悪いけど、我慢する。だって、例のホテルを実際に目にするには、それしかなさそうなんだもの。

おばあちゃんの家とおじいちゃんのギャラリーを守るためなら。いいじゃない、減るものでもなし。

かなり無理やりに覚悟を決め、返事をしようと息を吸ったときだった。

「おい、横川美羽」

低い声が松倉先輩の背後から聞こえた。ひょっこりと顔を出してそちらを覗き、息が止まりそうになる。

なんと、今まで社内で見たことがなかった西明寺社長が、こちらに向かって歩いてきていた。

念のため後ろを振り返るけど、廊下には誰もいない。こちらに話しかけてきたことに間違いはない。

私が息を止めていたからか、松倉先輩もホラー映画のようにゆっくりと振り返る。そしてすぐ、二、三歩あとずさった。

「しゃ、社長」

やっぱり、松倉先輩くらいハイクラスの仕事をしている人は、社長の顔を見る機会もあるのね。私なんて、仕事先で話しかけられても全然気づかなかったのに……って、それよりも。

「どうしてこんなところに……」

手ぶらで秘書も連れていない社長は、今日も高そうなスーツをビシッと着こなしていた。オフィスから遅れて出てきた社員たちが、何事かとこちらを見ながら、彼に挨拶して帰っていく。

「迎えに来た」

「はい？」

社長は私の真ん前で立ち止まり、こちらを無遠慮に見下ろす。そしてその鋭い視線を松倉先輩に向けた。

「見覚えのあるカードだな。それは内覧会限定の予約票か。まさか、会社が仕事のために与えたそれで、女性社員をデートに誘っていたんじゃあるまいな」

「い、いえ、あの……」

それまで涼しげだった松倉先輩の目が宙を泳ぐ。声は乾いて裏返っていた。

「それとも何か。お前たち、付き合っているのか。それなら何も言えないが」

「いいえ、全然！」

咄嗟《とっさ》に否定した私の横で、松倉先輩がもごもごと言い訳をする。

「彼女が、僕の担当したホテルを見たいと言うので……」

ちょ、待ってよ。確かにその通りのことは言った。けど、私が松倉先輩をデートに誘ったみたいに聞こえちゃうからやめてほしいんだけど。

キッと松倉先輩を睨むと、社長は興味なさそうに、ふんと鼻を鳴らした。

「まあいい。それはしまっておけ。横川美羽は俺がもらっていく」

「へ？」

「ついてこい」

ぽかんとする私を置き去りに、社長は踵《きびす》を返してズンズン歩いていく。五歩ほど行ったところで急に振り返った。

「何をしている。早く来い」

弱みを握っているからか、これ以上ない横柄な態度で私を呼びつける西明寺社長。

何が目的かわからないけど、ついていくしかなさそう。

松倉先輩に会釈《えしゃく》し、社長に駆け寄った。しかし彼は前方へ向き直ると、こちらの歩調に合わせることなく、どんどん先に行く。彼の早足についていくには、小走りしなければならなかった。

西明寺社長の後ろをついていくと、会社の横の立体駐車場、しかもお偉いさんしか停められない階に連れていかれ、車に乗るよう指示された。

「あ、あのう……この車はどちらへ向かっているのでしょうか……」

社長の車は流れるようなデザインの外国車だった。大きな黒い車体。豪華な内装。さすが西明寺グループの御曹司。

革張りのシートにもたれるのも勇気がいる。会社から離れて十分ほど経ったけれど、車が停まる気配はない。

後ろに流れていく景色が、だんだん知らないものになっていき、不安を覚えた。

やっぱり、借金返済のために人身売買をさせようと思っているんじゃあ。それ以外に、社長が私をわざわざ車に乗せる理由が思い浮かばない。

こめかみから冷や汗を流す私に、社長は前を向いたまま言う。

「例の絵を飾るラウンジを見せてやる」

え……なんて言ったの、今。

社長の言葉が信じられなくて、その端正な横顔をまじまじと見てしまう。

「さすがに、実際の現場を見ずに絵を選ぶのは不可能だろう」

「それはそうですが……」

私がその場にふさわしい絵を探してこられなければ、実家のギャラリーは借金のカタに取られて取りつぶされ、跡地はリゾートホテルの一部になる。社長はそれを望んでいるはず。

なのに私に現場を見せてくれるというのは、なぜだろう。

いぶかしむ私を、彼は横目でちらりと見た。

「お前がどんな絵を選ぶか、興味がある」

「私が？」

「ただそれだけだ。いいか、現地は他のお客さまもいるから、写真撮影は禁止。記憶に焼きつけろ」

「は、はい」

ただそれだけ、って……。私が画家の孫で、多少は絵画の知識があるからなのかな。

他の社員でも、絵に詳しい人はいくらでもいそうだけど。

『モナリザ』みたいにスフマートでぼかされた真実を見抜くには、私はまだ社長のことを全然知らないみたいだ。

スフマートとは、色彩の透明な層を上塗りする技法。色の移り変わる境界がわからないくらい、わずかな色の混合で立体感や深みを表現する。社長の本音は塗り重ねられた絵の具の下にあって、はっきりした輪郭が見えない。

黙って考え込む私の横で、社長がぼそっと、一層低い声で言う。

「俺が連れていってやるから、他の男と泊まったりするな」

「へ……？」

それって、さっき松倉先輩に誘われていたことを言っているの？

言葉の続きを待って社長の横顔を見つめる。けれど彼は、それ以上は無駄なことは話さなかった。

「おお……！」

仕事で数々のホテルを見てきた私だけど、目の前の建物に、つい感嘆の声を上げてしまった。

港区《みなと》にある例の会員制ホテルは、実家近くの寂れたホテルのように、安っぽいヤシの木は植わっていなかった。

高さは三十階くらい。決して高層ホテルとは呼べないものの、直線と曲線で絶妙に描かれた幾何学模様が効いているアールデコ調の建物は、まるでヨーロッパにいるような錯覚を起こさせる。十九世紀に流行《はや》った建築様式だけど、まったく古くささは感じない。

中に入ると、待望のロビーが現れる。中央に豪華な生花が飾られ、その上には大きなシャンデリアが。

内装もアールデコ調で統一されており、太い柱が四隅に立っている。奥に行くとカウンターがあり、品のよさそうな中年の男女が何組か受付をしていた。

「綺麗」

まったく独創性のない感想を口走り、くるくる回りながら、きょろきょろと全体を見回す。

アールヌーボーほどゴテゴテしすぎてはいないけれど、細部にこだわったデザインに釘《くぎ》づけになる。

「おい、田舎者。口を閉じてこちらに来い」

「ぐえっ」

無防備な脇腹を指でつつかれ、倒れそうになった。

社長に案内されて七階へ。エレベーターを降りてすぐ、豪華なラウンジが現れた。

「この壁だ」

夜景がよく見えるように大きなガラス窓に囲まれた、開放感のあるラウンジの壁際。素敵だけど、少し寂しいような気がする。

「会員同士で交流もできる憩いの場だ。一流の人間が集まるこの場にふさわしい絵を探している」

ふと後ろを振り返ると、確かに一見してお金持ちそうな人ばかりが座っている。

きちっとしたシャツと細身のパンツを身につけたご老人の傍らには、オシャレな帽子が。その横に座る奥さまの首に光るのは、おそらく本物の真珠。しっかりしていそうな生地のワンピースに、楽な運動靴ではなく、汚れひとつない美しいパンプスを履いている。

ふと、普段の自分とおばあちゃんを思い出した。ボーダーTシャツにチノパンな私。

ゆったりニットと楽なズボンに、手作りアクセサリーをつけたおばあちゃん。不潔ではないけど、かなり庶民的だ。

おじいちゃんに至っては、毎日、作務衣で絵を描いていたものなあ……。

社長やここのお客さまとの身分の違いを、しみじみと感じる。

「一流だろうが三流だろうが、どんな人が見ても〝いい〟と思える絵を、ここに飾りたいですね」

せっかく素敵な建物、素敵なラウンジだもの。

アニメルームの仕事を任されたときより、はるかにわくわくしている自分がいた。

「〝あの絵が飾ってあるホテル〟と言われたいな。お客さまのくつろぎの時間を邪魔せず、それでいて記憶に残るものがいい」

西明寺社長の言葉を聞きながら、私の頭の中には、既に何枚ものキャンバスが浮かんでいた。

輪郭をぼかした、印象派の柔らかい色調の絵画はどう？　ブリューゲルやフェルメールが描いた、庶民の何気ない日常を切り取った風景もいいかも。アールヌーボーも面白いけど、ちょっとちぐはぐかしら。

周りの幾何学模様と合わせて、具体的な意味を持たない抽象画もいい。そうだ、重ね塗りしていないのに鮮やかな色彩の日本画は？　ちょっと冒険しすぎかな。

「タイムリミットだ。お客さまの邪魔になる。行くぞ」

何もない壁を黙って凝視していた私の肩を、西明寺社長がぽんぽんと叩いた。

しまった。どこから見てもこのホテルに場違いな格好でいる女が、口を開けて壁を見つめている。そんな光景はお客さまから見たら不気味だったに違いない。

そこから離れる社長についていき、エレベーターホールまで戻る。

「ここまでしてやったんだ。せいぜい、いい絵を探してこいよ」

「はい。現場を見られてよかったです。ありがとうございました」

ぺこりと頭を下げた。顔を上げると、社長は珍しいものを見るような目で私を見ていた。

「どうかしましたか？」

「いや……」

彼が視線を逸《そ》らしたかと思うと、ラウンジの方からスーツを着た男の人が近づいてきた。

「社長、お待ちしておりました」

男の人の胸には【支配人　山口《やまぐち》】という白い名札がついている。黒い髪をオールバックにした、おそらく四十代の支配人は、年下の社長と私に向かい、うやうやしくお辞儀をした。

「用意は整っております。どうぞ、最上階へ」

西明寺社長を案内しようとする支配人。

社長は今夜、ここに泊まる予定なのか。もしや私、彼の連れだと思われている？

「あの、社長。本当にありがとうございました。失礼します」

会釈してその場を去ろうとする。現場さえ見られれば他に用はない。早く家に帰って絵画探しだ。

くるりと踵を返すと、がしりと手首を掴まれた。

「待て。誰がいつ帰宅の許可を出した？」

強い力で引かれ、自然に体が振り向く形に。私の歩みを止めたのは、西明寺社長だった。

「まさか、ここまで来てタダで帰るつもりではないだろうな、横川美羽」

「は……はい……？」

だってあなた、車の中で『お前がどんな絵を選ぶか、興味がある』って。『ただそれだけだ』って言ったじゃない。

まばたきを繰り返して見つめ返した社長の口角が、不気味に上がる。

「もう少し俺に付き合え」

「い、嫌です！」

どうして私が、社長と行動を共にしなければならないの。

拒否したけれど、不気味に笑った彼は私を離そうとしない。明らかに不穏な雰囲気なのに、支配人は完璧な笑顔で、私たちを上階へと続くエレベーターに案内したのだった。

「離してよ。警察呼ぶわよ」

エレベーターに乗り込んだのは、社長と私のふたりきりだった。その狭苦しい空間が怖くなり、勇気を出して睨む。

敬語は忘れていた。社長といえど、相手は悪魔の使いだ。彼が無体を強いるなら、敬語を使う必要はない。

「どうしてそこまで拒否する」

「だって、社長は私とおばあちゃんの敵だもの」

「敵」

「私をどうするつもりよ。お金なら少ししか持ってない。人身売買でもするつもり？

どこのお金持ちに私を売ろうっていうのよ。それかセクハラ目当て？」

「人身売買」

西明寺社長はいちいち私の言葉を反復し、やがて何かが破裂したように、ぷっと吹き出した。

くっくっと押し殺した笑いが、私の尖《とが》った神経を逆撫《さかな》でする。

「何がおかしいのよ」

「だって、はは……あまりにバカバカしいから」

お腹を抱えて笑う社長を、私は呆然《ぼうぜん》と見つめる。

笑うと可愛い顔になるんだ……いやいやいや。どうして笑うの。バカバカしいって何よ。

「社長は借金をしたことがないから、わからないだけで――」

自分の逼迫《ひっぱく》した状況を説明しようとすると、エレベーターが停まった。ドアが開くと、社長は笑うのをやめる。

「ついてこい。お前に天国を見せてやる」

目的の階に到着したエレベーターから降りながら、私の手を掴んだ社長の言葉に、絶句した。

やっぱり……やっぱり、セクハラされるんだ。私が断れない立場だと思って。

なんとか逃げ出そうと辺りを見回していると、なぜか看護師の白衣に似たものを着た女性と、黒服の男性に囲まれた。

「い、嫌ー！　帰らせて！　こんなやつに、こんなやつに操をー！　操をー！」

スタッフたちが悲鳴を上げる私の口を押さえ、何人かで抱えて、素早くどこかへ連れ去っていく。

誘拐されていく私を、ひとりになった社長がにやにやと笑って見ていた。

一時間後。服を脱がされた私は、思いきり喘《あえ》がされていた。

「あっ、そこっ……くぅっ！」

繊細な指先が、私の凝り固まった肩の肉に食い込む。

「お客さま、お疲れですね」

白衣を着た美人マッサージ師が、落ち着いた声音で言った。

＊　＊　＊

一時間前に私が誘拐されたのは、社長のスイートルーム……ではなく、最上階にあるスパだった。

ジェットバスや岩盤浴を備えた大浴場に、身ぐるみを剥がされて放り込まれた私は、その壮大さに前を隠すのも忘れてため息をついた。

実用的でスタイリッシュな浴場の天井は、ドーム状になっている。ジェットバスの背後の壁はガラス張りになっており、お台場《だいば》の夜景が楽しめた。

これは……どういうこと？　ここで体を清めてから、悪魔社長の生贄《いけにえ》に捧《ささ》げられるってこと？

考えながら体を洗い、ゆっくりと湯に浸かる。日々の疲れがお湯の中に溶けていくようだった。

「はあ～」

思わず吐息が漏れる。

せっかくだから堪能していこう。こんなところのスパ、なかなか利用できないもん。逃げる方法はそれから考えればいいや。

全種類の浴槽に浸かり、岩盤浴までして、のぼせる直前で脱衣所に戻ると、待ち構えていたように白衣の女性に囲まれた。

それでも先ほどよりは慌てなかった。よくよく見れば、その白衣はマッサージ師やエステティシャンが着ていそうな制服だったからだ。

彼女たちに案内された先には、これまたガラス張りのマッサージルームが。

これはさすがに落ち着かないでしょ、と小馬鹿にしながら施術台に乗ってみた。

すると、今まで嗅いだこともない、いい香りのオイルでマッサージをされ、気分はたちまちエジプトの女王さまに……。

＊　＊　＊

……そして、現在に至る。

本当に天国を見せられてしまった。ブグローが描いた可愛らしい天使が、目の前で微笑んでいたような気がする。

すっかり肉体の疲れを癒された私に与えられたのは、真新しいブルーのワンピースだった。

結婚式に着ていくような光沢のある生地。もともと着ていた服は出してもらえなかったので、仕方なくそれを着る。サイズはぴったりだった。

ぼんやりと椅子に座っていると、乱れていた髪をまとめられ、薄くメイクをされた。

さすがにそれは拒否しようとしたけど、後ろから頭を固定され、抵抗できなかった。

「私の服は？　これからどうするつもりですか？」

エステティシャンだか美容師だか、周りのお姉さんたちに話しかけても、彼女たちは優雅に微笑むだけで何も語ろうとしない。

もちろんバッグも携帯も取り上げられており、逃走を図ろうにもどうしようもない。

「どうぞこちらへ」

お姉さんたちの後ろを素直についていくと、元のエレベーターホールへと帰り着いた。そこで待っていたのは、西明寺社長だ。

腕組みした社長はこちらを眺め、ニッと口の端を上げた。

「どうだ、天国は見られたか」

「おかげさまで……」

社長に見られていると思うと、露出した二の腕や膝が急に照れくさくなる。拉致される前に一瞬おかしな想像をしたから、なおさらだ。

「今まで何をしていたんですか？」

私がスパを堪能している間、合計二時間ほどかかったはずだ。見上げると、社長は淡々と説明する。

「自分の部屋で仕事をしていた。暇じゃないんでね」

自分の部屋……ってことは、どこかに社長専用ルームがあるってことか。あるいは、社長も会員になっているということか。どっちにしても、セレブにしかできない発言。

「さあ、行くか」

「え……ええと？」

既に押されていたボタンに招かれ、エレベーターが到着した。さっさと乗り込んだ社長は、こっちを見て手招きする。

「早く乗れ、のろま」

どこへ行こうというのか。怖くて躊躇《ためら》っていると、後ろからお姉さんたちが私の両腕を掴み、エレベーターに押し込んだ。

転びそうになった私を、社長の長い腕が抱き留める。どこかスパイシーな香りが鼻をくすぐる。といってもカレーくさいわけじゃない。おそらく、香水だ。

「ほう。意外に積極的だな」

頭上で低い声がして、ハッと我に返った。うずまるようにしていた社長の胸から、慌てて離れる。

「ち、違う。押されたから」

弁解しようとした瞬間、エレベーターが停まった。

「来い」

西明寺社長が私の手を取って歩きだす。そのフロアでは既に、廊下までいいにおいが漂ってきていた。

レストランフロアだ、と口に出すより先に、空腹の限界を超えていたお腹が悲鳴を上げた。

やだ、こんな高級ホテルで。お昼ご飯が少なかったから……。

頬を熱くする私に遠慮せず、西明寺社長はぷっと吹き出し、くっくっと喉を鳴らして笑った。

「豪快な腹の虫だな」

聞こえないふりをしていればいいのに。意地悪。

うつむいたまま引きずられていった先は、個室のあるフレンチレストランだった。

大浴場もすごかったけど、レストランからも夜景がばっちり見えた。宝石箱をひっくり返したみたいな、マルチカラーの点在する光。

席に着き、ぼーっと見とれていると、何も注文していないのに食前酒とアミューズが運ばれてきた。手をつけるのを迷っていると、呆《あき》れたように社長が口を開く。

「お前みたいな平社員に金を払えとは言わないから、さっさと食べろ」

食事代は出してくれるんだ……借金はビタ一文まけないくせに。

じとっと睨むけど、当の本人は涼しい顔。

「では、いただきます」

腹が減っては戦ができぬっていうものね。いくら社長が敵でも、毒を盛られることはないだろう。

開き直って、テンポよく運ばれてくるコース料理を遠慮なく口に運んだ。

「うっ、うう……っ」

何これ、涙が出そう。お肉は柔らかいし、魚はぷりぷり。名前もわからないソースがかかっている。

料理が運ばれるたびにウェイターさんの説明を聞くけど、聞き慣れない単語ばかりで覚えきれない。なのでどれも〝正体不明だけどおいしいソース〟として記憶に刻まれた。

「うまいか、貧乏人」

「はい。おいしいです」

ぱくぱくと夢中で食べていて、ふと我に返った。

「でも社長、どうして私にこんなことを？」

スパ体験に豪華な料理。彼女でもない私に、彼が無償でこんなことをする理由が見つからない。

「ここの雰囲気を、よりよく知ってもらうためだ。ラウンジを見るだけじゃなくて」

なるほど……。

「感想は？」

ごくりと料理を飲み込み、口元を拭いてから答える。

「素晴らしいです。喧騒《けんそう》とはほど遠くて、日常を忘れられますね」

ファミリー向け旅館は子供が走り回っていた。興奮した猿みたいな高い声を出す迷惑者も、あそこでは咎《とが》める人はいない。

しかしここは落ち着いている。大人しかおらず、それもほとんど中年から高齢者の真のお金持ち。子供会も修学旅行生の集団も、大学生のサークルもいない。大浴場でも大きな声で話す人は誰もいなかった。大人が日常の疲れを癒し、くつろぐための場所。それがここだ。

「私は子供が苦手です。うるさいのも嫌いです。だからここは、とても好き」

窓から見る夜景に、再び見とれる。

普段は嫌いな東京も、今夜は好きになれそうだ。

「それはよかった」

ボルドーのワインをひと口飲んで目を伏せる社長。その顔は憎らしいくらいに整っていた。

ああ、彼みたいな人が敵じゃなく恋人だったら素敵だったのに。もちろん、性格はもっと優しい方がいいけど。

「けど社長、一枚の絵を選ぶだけでも、やけに慎重なんですね。私なんかに任せず、ご自分で選んでもよさそうなのに」

「単に、俺には時間がないんだよ。お前と違って」

グラスを置く社長の指は、思ったより繊細そうな造りをしていた。

「俺だって、いろいろと考えたさ。しかし家のコレクションのどれを壁にかけても、いまいちしっくりこなくてな」

「へえ」

自宅に絵画コレクションがあるのかい。さすがセレブは違うな。

私だって絵は好きだけど、自宅に飾ってあるのはおじいちゃんの絵だけだ。有名作家の絵はリトグラフでも手が出せない。

「あの旅館で、誰も振り向かない猿の絵をじっと見ていたお前なら、やってくれるかもしれないと思ったんだ」

「あのとき……」

「絵に対する愛情というか、情熱というか、そういうものを感じたんでね」

まっすぐに私を見つめる西明寺社長の目は、嘘をついているようには見えなかった。ただの意地悪な、私を翻弄して喜ぶためだけに出した無茶な条件だと思っていた。けど、本人が言うように、彼は本気であのラウンジに飾る絵を探している。私なら見つけられるかもと、そう思ったんだ。

今まで絵画に関してあまり評価されなかった反動か、不覚にも社長の言葉を嬉しく感じる自分がいた。

「ベストを尽くします。祖父や祖母のために」

社長のためとは言えなかった。それでも彼は、満足そうに微笑んだ。それは破壊力抜群の微笑みだった。

いつの間にか料理は終わり、食後のデザートとコーヒーが運ばれてきた。それをすすり、社長がため息をつく。

「これもうまいが、横川さんの淹《い》れるコーヒーには敵《かな》わないな」

おばあちゃんのことだろう。変なところで素直に、敵に賛辞を贈る彼がおかしくて、コーヒーを吹き出しそうになった。

「特別に高級な豆は使っていませんけどね。お客さんに対する愛情の差じゃないですか？」

私の言葉を、社長は華麗にスルーした。どうやら、理論的でない会話はしない性質らしい。

「そうだ、彼女にこのホテルに来てもらえないだろうか。カフェスペースで彼女のコーヒーと素朴なイギリスの伝統菓子を出す。喜ばれること間違いなしだ」

新しい遊びを思いついた子供のような顔をして言うから、私はコーヒーを嚥下《えんげ》したあと、たまらずに声を出して笑ってしまった。

「どうしてそういう発想になるんですか」

「不自然か」

「っていうか、あの年で東京に来て、新しい仕事をしろなんて無理ですよ。社長の頭の中って、お仕事のことばかりなんですね」

普通、そんなこと思いつかないし。思いついても言わないし。

笑いが一段落して見上げると、社長が真顔でコーヒーの中の自分の表情を見ていた。

「私……何か、お気に障《さわ》るようなことを言いました？」

笑顔だった社長がそれを消しただけで、なんともいえない不安が、私の胸の中に立ち込める。

もしや、地雷踏んじゃった？　でも、特に変なことは言ってなくない？

「いや。その通り、ふと別の仕事のことを考え込んでいただけだ」

苦笑するような社長の表情に、私の不安は解消されなかった。

彼がカップを上げる。コーヒーが彼の喉を通っていく。

「あまり遅くならないうちに送る」

社長の低い声が重く響いた。手元のコーヒーに視線を移す。

これを飲んだら、帰らなきゃいけない。夢の世界から現実に連れ戻される。

いいじゃない。大嫌いな相手とこんなふうに食事をしているのが不自然なのよ。

それを寂しいと、名残惜《なごり》しいと思うなんて……どうかしている。

どうかしているんだ。

社長は、強引に私の腕を掴む

悪役社長が実家に降臨してから、既に一週間が経過した。

「おばあちゃん、ごめんね。今週は行けそうにないや」

自宅で画集を開きながら電話をした土曜日。会員制高級ホテルでのきらびやかなディナーが夢だったかのよう。私はヘアバンドで邪魔な前髪をカバーし、食事の時間も惜しんでスルメをかじっていた。

『いいのよ。私も覚悟は決めておくから。くれぐれも無理しないでね』

「覚悟決めちゃダメ。私がなんとかするから」

のんびりした口調のおばあちゃんに多少イライラする。私が誰のために必死になっているると思っているのよ。

……そんなこと思っちゃいけない。例の絵を探すことは、私が勝手に決めたこと。そう自分に言い聞かせながら、おばあちゃんにも、もっと必死になってほしいと望んでしまう。

「ちなみに、東京の高級ホテルでカフェをやる気はないよね？」

『え？　何、突拍子もないこと言っているの？』

「ごめん、いいの。気にしないで」

いきいきと仕事の話をする西明寺社長の顔を、頭の中から追い出しながら、電話を切った。

「ふう……」

食事のあと、社長はホテルに泊まると言い、私をタクシーで自宅まで送るように手配してくれた。

狭いワンルームに帰ってきた途端、がっくりと全身から力が抜けたことは記憶に新しい。

実家での素朴で慎ましい生活が好きだったし、自分に合っていると思っていた。東京の騒がしさや忙しさが苦手だった。

だけど、あんな世界を見せられたら……。田舎者の自分がとってもちっぽけな、つまらない存在に思えてくる。

どうせなら、あくせく働きながら儲《もう》からない画廊の手伝いをして生きるより、旦那の稼ぎであんなホテルの会員になれる人生の方がいいよな、なんて思ってしまう。

まさに目の毒だったな。

私には私に似合う人生がある。あれは一夜の夢だったんだ。早く忘れなくちゃ。

気を取り直し、分厚い画集のページをめくる。学生時代の名残で、アパートにはさまざまな画家の画集が置いてあった。

どんな絵があのホテルにふさわしいか。どれだけ既存の絵を見ても、正解にたどり着けない。

西明寺社長自身も、自ら作品を収集するくらいの絵画好きとわかり、それが純粋な思考を邪魔しているようだ。

だって、彼が選びきれなかったということは、有名な作品ではダメだ。近代の作家も、人気の作品は社長の目に触れている可能性が高い。それらは彼も知っているのに選ばれなかったということになる。

「せめて、社長のコレクションの目録が欲しい……」

無名作家の作品から選ぶとなると、ますます難しくなる。私の学生時代の専門はベタな西洋絵画で、近代のものは有名な作家しか知らない。

「もうダメだ！」

分厚い画集を閉じ、昨夜から着っぱなしのパジャマを脱ぎ捨てた。画集と睨めっこしていても、らちが明かない。外に出よう。

下着姿でクローゼットを開けると、まず目に飛び込んできたのは青。ラピスラズリを砕いて粉末にした顔料で描かれた、フェルメール・ブルーのような青いドレス。

社長に返さなきゃいけないと思いつつ、どうすればいいのかわからないので、うちのクローゼットにかけっぱなしにしてある。それは落ち着いた色合いの服が多い私のクローゼットの中で、明らかに異質な存在感を放っていた。

たった三日前のことなのに、ずいぶんと昔のことみたいだ。あの夜のことは現実からかけ離れすぎていて、時間の流れをわからなくする。

「へっくしょい！」

ぼんやりしていたら体が冷えたのか、くしゃみがひとつ飛び出した。

いくら六月だからといって、下着でウロウロしていちゃダメだった。私はクローゼットから適当なTシャツとスカートを引っ張り出した。

気分転換にやってきた美術館は、土曜日なのに空いていた。無料で入場できる子供工作コーナーは親子連れでにぎわっているものの、チケット代がかかる有名画家の特別展示や通常展示の方は、しんと静まり返っている。

絵を探すストレスから逃れるために、他の絵を見に来るのってどうなんだろう。

ふと我に返るけど、開き直って中に入った。知っている絵でも、写真でなく現物を見るだけで何かヒントが得られるかもしれないし。

本当は、ただぼーっと絵を眺めるのが好きなんだけどな。

どんな絵にも、それを描いた画家がいる。ほのぼのした絵にも、おどろおどろしい絵にも、描いた人のメッセージが込められている。

絵画に向かっていると、それを描いた画家の意識やメッセージを感じられるような瞬間がある。もちろんそれは漠然としたもので、言葉にできるようなはっきりとした感覚じゃない。

絵の世界の中に潜るとでもいうのだろうか。ひとつひとつの作品を、時間をかけて見ることで、いつの間にか無心になれた。

独特の空気の中を進むと、ふと前方にいるふたりの観客に視線を取られた。

すらりとした長身の男女。男性は洗練された形のサマージャケットを着ている。まるで彼の体に合わせて作ったようにぴったりだ。隣の女性は上品なワンピースを着ていた。細い足首にパンプスのストラップが巻きついている。

文字通り、絵になるふたり。そのままキャンバスに転写されて、空いている壁にかけられても不思議でないくらい。

「ちぇっ。いいよなぁ」

思わず本音が漏れた。実家の借金を返すために奔走している私より、彼らの方が絶対に幸せだろう。

前に彼氏がいたのって、いつだっけ。大学生の頃だったかな……ふふふ……。

就職しても周囲に心を開かず、週末になると実家に帰って暇なギャラリーの手伝い。出会いがあるわけもないし、普段はそれを必要とも思わないのだけど、こうした瞬間に虚《むな》しくなる。

私は美しき恋人たちから、無理やり視線を剥がそうとした。その瞬間、ふたりがある絵の前で立ち止まった。周りの迷惑にならないよう、顔を寄せ合って小声で話している。その絵の感想を言い合っているようだ。

ちょっと邪魔だなぁ……。

おっといけない。また本音が口から出てしまうところだった。

恋人たちの前の絵は一旦諦め、彼らの後ろを通って先に進むことにした。すると、不意に動きだしたジャケットの男性とぶつかりそうになる。

「すみません」

「いえ……」

ぶつかりはしなかったので、軽く会釈してやり過ごそうとした。けど、相手の顔をちらっと見上げた私は、瞬時に固まって動けなくなってしまった。

「あ。横川美羽」

そう言ったジャケット男は、西明寺社長だった。

スーツを着ていない彼は、いつもよりも幾分柔らかい雰囲気をまとっている。私が知っている悪役社長じゃない。だからわからなかったんだ。

「あのう……？」

社長の後ろから、ワンピースの女性が顔を覗かせた。長い髪はツヤツヤで、枝毛ひとつなさそう。白くて細くておっぱいが大きく、文句のつけようがないほど美しい彼女を振り返り、彼は言う。

「この前話しただろ。横川円次郎先生の孫だよ。うちの社員」

「まあ。この方が」

ふたりの会話に、なんともいえない居心地の悪さを感じた。

いつどこで私の話をしたのかな。どうせ、ろくな話じゃないだろう。

この女の人、誰かな。お姉さんや妹さん？　それにしては、ちっとも似ていない。

やっぱり彼女だと見るのが普通か。

「どうだ、作業の方は進んでいるか」

例の絵のことを言っているんだろう。見つかっていたらこんなところにいないわよ。

私は小さく首を横に振った。

何よ、こんなに綺麗な彼女がいるのに、他の女……つまり私を会員制ホテルに連れ込んでいいわけ？　私が彼女だったら嫌だな。たとえ食事だけでも。

「可愛い方」

ワンピース美女が私を見て微笑んだ。その笑顔に小さじ一杯くらいの悪意を感じ取れたのは、きっと同じ女である私だけだろう。完全に上から目線。そして少しバカにした目つきだ。

「そうだ横川。月曜、出勤したら――」

突然仕事モードで話してくる社長に、隅の椅子に座っていた監視員が立ち上がって近づいてきた。

「すみません。お静かに」

メガネをかけ、髪を後ろで一本縛りにした若い女性監視員にたしなめられ、社長は首の後ろをかいた。

「これは失礼。気をつけます」

はにかんだように笑う社長のオーラに押され、監視員はすぐに自分の位置に戻っていった。

自分の笑顔に破壊力があることを、わかっていてやっているに違いない。やっぱり嫌いだ、こいつ。

「お先へどうぞ」

私はじっくりと絵を見たい。この人たちを気にしながら前に進むのはバカバカしい。手で先に行けとジェスチャーをすると、社長は何も答えなかった。

「邪魔しちゃ悪いわ。行きましょう」

代わりに答えたワンピース美女に背中を押され、やっと社長も退散していった。順路にある陶器のコーナーはあまり興味がないのか、さらっと流し見て、次のフロアに移っていく。その間、私の方は一度も振り返らなかった。

ほほーう。人を借金地獄に突き落としておいて、自分はハイスペック彼女とほのぼの美術館デートですか。いい気なもんね！

どうせこのあと、高級なところでランチして、高級なところで買い物して、お茶して……最後は高級ホテルの一室であんなことやこんなことを……。

ハイスペックカップルのことを悶々《もんもん》と考えていたら、次の絵がちっとも頭に入ってこなくなってしまった。当然、絵のメッセージも感じ取れない。

くっそー、あんな悪役社長に邪魔されてたまるか！　心頭滅却だー！

ブルブルと強く頭を横に振り、何度もまばたきして絵の方に向き直る。

けれど、一度網膜に焼きつけられた〝美しき恋人たちの肖像〟は、なかなか消えてはくれなかった。


結局、美術館でこれといった収穫は得られなかった。日曜日も他の美術館を回り、雰囲気のいい絵は見つけた。とはいえ、どこか決定打に欠けていた。

「社長め……私を邪魔するために現れたのではあるまいな？」

もしや、行動を監視されている？

月曜日の朝。出勤途中で立ち止まり、勢いよく後ろを振り向く。すると、後方を歩いていた小太りサラリーマンがびくっと全身を震わせ、気味悪そうに私を横目で見て去っていった。

彼は関係なさそうだ。いや、しかし、刺客はそれとわかるような格好はしていないはず。一般人に紛れて私を監視して……って、さすがに考えすぎか。

会社の利益しか考えない悪役社長は、土日もオフィスでパソコンをいじっていりゃいいのよ。美術館デートなんかするから、鉢合わせるんじゃない。

モヤモヤと考えながらオフィスのドアを開ける。

「あ、おはよう横川さん。君に頼みたい新しい案件があるんだけど」

「はい」

課長に呼ばれて行くと、プリムーンルームの次の仕事が用意されていた。

「ここなんだけど……」

言いつけられたのは、古いビジネスホテルの模様替えだった。擦り切れたカーペットや黄ばんだ壁紙を替えるようだ。事前に現場から送られている、何号室のどこを直してほしいかという書類までそろっていた。はっきり言えば、誰にでもできる仕事だ。

「わかりました」

やる気出ないわ……。

書類を持ってデスクに帰る途中、深いため息が出た。

「そういうのやめろよ。周りまで気が滅入る」

腰の辺りから声がしてそっちに視線を向けると、松倉先輩がメガネを押し上げながらこちらを見て、さらっと言った。

「横川さん、暇だから楽勝でしょ。他に大きな仕事を担当しているわけでもないし」

「はい？　私だって、こう見えて結構忙しいんですけど」

思わずカチンときて、言い返した。しかし松倉先輩は涼しげな顔でひどいことを言ってのける。

「仕事が終わったあと、社長と遊ぶ暇はあるんだろ？」

「なっ……」

「どうせ社長に取り入るなら、仕事で勝負したら。どんな繋がりか知らないけど、いい気になっているとすぐポイされるよ」

意地悪な顔で言ったあと、松倉先輩はぷいっとパソコンのディスプレイの方を向いてしまった。

もしかして、松倉先輩の誘いに私が乗らなかったから？　厳密には社長に拉致されたんだけど、恥をかかされたとでも思っているの？

冗談じゃない。勝手に勘違いして、タダで泊まれる権利をちらつかせて誘ったのはそっちじゃない。

わざわざ弁解するのもバカバカしくなって、その場を離れた。

いいわよ、やってやるわよ。こんな仕事、すぐに片づけてやる。

鼻息を荒くして書類に向かった。しかし、改装する部屋数とアイテム数が思ったよりも多くて手間取り、気づいたら、時計は午後二時を指していた。

「横川さん、休憩取ってないでしょ。行っておいで」

珍しく課長が私の様子に気づいた。彼は労働基準局に目をつけられないよう、全員にしっかり休憩を取らせ、なるべく定時に上がらせるのが仕事だ。それだけが彼の仕事のすべてではないけど、重要な位置を占めている。上層部にも厳しく言われているようだ。

「ありがとうございます」

お弁当と小さな水筒を入れた小ぶりなトートバッグに、財布と携帯も入れ、息苦しいオフィスを出た。

「あー、疲れた……」

松倉先輩に何を言われても、これ以上気まずくならないよう、気にしないようにするしかない。あと、あまり関わらないでおこう。

それにしても、男で性格が悪いやつって、本当に悪いのね。〝女の腐ったようなやつ〟とかいう言葉を聞くけど、あれは女性に失礼よ。松倉先輩は、例えるならカビの生えたチーズだわ。……それ、ただのリゾットにしたらおいしいやつか。

より適した比喩を探しながら、エレベーターに乗って屋上にたどり着いた。うちの会社の屋上は緑化されていて、公園のような趣きになっている。昼休憩はいつも混み合っているらしいのであまり行かないようにしている。でも、この時間ならもう空いているだろう。

癒しを求めて屋上のドアを開けた。思った通り、人は私以外にいない。嬉しくなって、屋上の真ん中で緑の香りのする空気を胸いっぱいに吸い込み、代わりに溜《た》まっていたモヤモヤを吐き出した。

ちょっと胸が、すっとしたかな。

気を取り直し、日陰のベンチを探そうと歩きだした、そのとき。

「えらく豪快なため息だな」

背後から聞き覚えのある低い声がして、ハッと振り返る。すぐそこにある茂みの裏から、背の高い西明寺社長の肩から上が、胸像みたいにこちらを覗いていた。

「げっ。社長」

「とんだ挨拶だな。『あのときはごちそうさまでした』くらい言えないのか。土曜もそうだったが」

立ち上がった社長が、ゆったりとこちらに歩いてくる。

どうしてこんなタイミングで彼に会うのか。

「あのときはお連れさまがいらっしゃったので、余計なことは言わない方がいいかと思いまして……」

もごもごと言い訳をした。

「ああ、そうか」

意外にもさらっと納得した社長。彼は手に缶コーヒーを持っていた。

「ところで、どうしてこんな時間にここにいる。今から休憩か？」

「ええ、まあ」

つまらない仕事を早く終わらせたくて、必死になっていたんです。

……とは、言えなかった。言ってやってもいいかと考えたけど、やめた。すねていると思われたくなかった。

「社長こそ、どうしてこんなところに？」

社長なのにこんなところでサボっていて、いいわけ？　手に持った缶コーヒー、全然似合っていない。秘書に高級豆で淹れてもらったコーヒーを、花模様が描かれた白磁のカップで飲むべきでしょ。

「息抜きに決まっているだろ。俺だって、オフィスから出たいときもあるさ」

彼は私を手招きして、元いたベンチに戻っていく。

「何している。ここへ座れ」

えええ……。

近づいた私は狼狽える。ベンチはそんなに大きくなく、ふたりで座ると距離が近くなる。

見回すと、端の方にもいくつかベンチが。そっちに行きたいけど、ここで断ったらさすがに感じ悪いかな。

ため息を噛み殺し、諦めて社長の隣に座った。

せっかくの休憩時間なのに。魔王は早く魔界に帰りなさいよ。地球でバカンスしていないでさ。

頭の中で悪態をつきながら、トートバッグからお弁当を取り出す。といっても、おにぎりがふたつだけ。中身は片方が梅で、片方が塩昆布。

「お前は昔話のじいさんか」

おにぎりを頬張る私を見て、西明寺社長が吹き出した。もぐもぐしたまま横を見ると、社長はくっくっと肩を震わせていた。

「おかずはないのか」

「ありません」

作るのが面倒くさい。冷凍食品を買っておいて詰めるのさえ面倒くさい。

あまりに女子力のない言い分なので、心の奥にしまった。

「かわいそうに」

「別に、かわいそうじゃありません。おにぎりを食べられるだけ幸せです。この世界にはご飯を食べられない人がたくさんいるんですから」

それに梅と昆布、体にいいしね。

真面目に言い返したのに、社長は背中を丸めて笑う。何かがツボに入ってしまったのか。

「歯に海苔《のり》が……」

「えっ⁉」

お歯黒になっていた？　それはさすがに恥ずかしい。

慌ててお茶で口をゆすいで、飲み干した。コンパクトミラーで確認すると、海苔はちゃんと取れていた。

「ああ、お前はやっぱり面白い。いい気分転換になった」

ひとしきり笑ったあと、社長はにやりと笑ってそう言った。

「社長でも、気分転換が必要なときがあるんですね」

「そりゃあそうだろう。俺はサイボーグじゃない」

立場が立場だし、なんというか、無敵の悪役っぽいんですけど。

御曹司で社長なんて苦労がなさそうに見えるけど、やっぱり上の役職ほど責任が重くなるのかな。

「お前の休憩が遅くなったのは……そうだな。プリムーンルームのようなつまらない仕事を押しつけられて、なかなか進まなかった。そんなところだろう、どうせ」

突然、意地の悪い言い方をされ、おにぎりを喉に詰まらせそうになった。なんとかお茶を飲み、ひと息つく。

「いろいろあるんですよ、平社員にもね。好きなことだけできるわけじゃありませんから。人間関係だって、周りがいい人ばかりとは限らないし」

愚痴を吐き出したら、ちょっとすっきりした。ふたつ目のおにぎりに手を伸ばす。

「好きな仕事は自分で掴め。くだらないやつの言うことに耳を貸すな」

ラップを開ける寸前で手を止めた。横を見ると、社長が真剣な顔をしていた。

「やりたい仕事は待っていてもなかなか来ない。お前はすべてが受け身だから、意に染まないアニメルームを我慢してやる羽目になる」

かっと頬が熱くなった。社長は見抜いている。私が本当は、ただ内装をいじるだけの仕事を〝やりたくない〟と思っていることを。

「しかし、例のホテルの壁を見つめるお前の顔は、なかなかよかった」

「え……」

例のホテルって、課題の絵をかけるあのホテルだよね。

完全におにぎりを食べる手が止まった私は、真顔の彼を見つめる。

「誰だって好きな仕事なら頑張れる。でもそれは、誰かに与えられるものじゃない。自分で掴みに行くものだ」

「はい」

「うちの会社は絵画専門じゃないから、わくわくする仕事を見つけるのはたやすくないだろう。だが、興味を持てそうなものを根気よく探してみろ」

「はい……」

他の誰かが言ったなら、反発したかもしれない。だけど、とても不思議なことに、社長の助言は素直に胸に響いた。

そうか。松倉先輩が私に冷たくなったのは、普段からのなんとなくやる気がない私の様子が影響しているのかも。淡々と仕事をしているだけで、本心では〝やりたくない〟と思っていた。それは、同じ部署で仕事を一生懸命やっている人にとっては目障りだっただろう。

そうだよ。一生懸命、興味のある仕事に没頭すればいい。誰もつけ入る隙がないくらい。

「これどうぞ、社長」

私は手つかずのおにぎりを社長に手渡した。塩昆布の方だ。

「戻って仕事します。ありがとうございます」

それを手のひらに載せられた社長は、ふっと微笑んだ。見たことがないくらい、柔らかく。

「無理するな。能率が下がるだけだから、休憩はきちんと取れ。栄養もな」

社長はそう言うと、胸ポケットから棒クッキー状の栄養補助食品を取り出した。もしかしたら、社長もなかなか時間がなくて、こういうもので食事を済ませているのかもしれない。

「交換だ。これはなかなかうまそうだから、いただいていく」

高級スーツに不似合いなラップに包まれたおにぎりを持ち、社長は立ち上がった。

「もう行かれるんですか？」

「ああ。暇じゃないんでね」

前にも聞いたようなセリフを吐き、西明寺社長は私の頭をくしゃくしゃと撫でた。

「わあ」

容赦なくぐちゃぐちゃになった髪を直しているうちに、社長は屋上から出ていこうと歩く。しかし、すぐその歩みを止めて振り向いた。

「そうだ。今日仕事が終わったら、また付き合え」

「えっ。今度はどこに？」

課題のホテルはもう見たし、これ以上一緒に行くところなんて……。

「行けばわかる。午後六時に食堂集合だ。じゃあな」

「あの、ちょ……」

社長は本当に時間がないのか、ニッと笑うと踵を返して、行ってしまった。質問を許さない機敏な動作だった。

「なんなのよ」

親身に仕事のアドバイスをしたと思ったら、また強引な誘い。私が拒否できる身分じゃないことをわかっているんだ。

ちょっといい人かもしれないって思ったけど、やっぱり掴みきれないな。

「あっ、社長！　歯海苔には！　歯海苔には気をつけてくださいねー！」

歯に海苔をつける。略して歯海苔。

立ち上がって叫んだ私をドアのところで振り返り、意地悪く笑った社長。彼は『承知した』とばかりに右手を軽く上げ、身軽な動作で建物の中に戻っていった。


休憩後は落ち着いて仕事に向かい、無事に定時を迎えられた。

西明寺社長との約束は六時。まだ少し時間がある。

他の社員がどんどん帰っていき、人気《ひとけ》が少なくなった頃を見計らい、席を立った。向かうは課長のデスクだ。

「あのう、課長」

「ん？」

課長は人のよさそうな顔を上げた。

「例のプリムーンルームの評判、どうでしょうか」

おそるおそる聞くと、課長はにこりと笑う。

「うん、好評みたいだよ。でも今日はどうした？　横川さん、あまり仕事の評価について自分から聞いてくることはなかったのに」

やはり唐突すぎたかな。

課長は首を傾げて、私の顔を不思議そうに見つめる。

「ええと、あの……私、もっといろいろなことにチャレンジしてみたくて」

「ほう」

「絵画が好きで、知識もあります。それに関係したお仕事があればぜひ、やらせていただきたいです。もちろん、それ以外も。大学で色彩の知識を叩き込まれたので、役立てたいと思っています」

緊張しながら言ったので、まるで大学生の採用面接みたいになった。いや、大学生の方がもっと上手に喋《しゃべ》れるだろう。

「ああ、美大出身だっけ。そうだなあ、今すぐにはそういう仕事はないかもしれないけど、覚えておくよ」

笑顔でさらっと流された気がするのは、私だけだろうか。

あまりアピールすると、逆にウザいと思われるかな。でも、やっと勇気を出したんだ。このまま突っきれ。

「今まで以上に頑張ります！　よろしくお願いします！」

ビシッと背中を伸ばしたあと、深く頭を下げた。その直前に、びっくりしたような課長の顔が見えた。

「そうか。うん。しっかり覚えたからね」

「ありがとうございます!」

課長の声が聞こえてから顔を上げる。

仕事をもらえたわけでもないのに『ありがとうございます』は、変だったかな。

まだ他の社員がちらほらと残っていたことを思い出し、急に恥ずかしくなった。もう一度だけ課長に会釈し、早足でオフィスをあとにした。


……で、どうして待ち合わせ場所が食堂なんだっけ?

六時近くなった食堂は閑散としていて、誰もいない。照明も消されて薄暗く、不気味に見えるそこで、きょろきょろと辺りを見回した。

「お姉さん」

厨房《ちゅうぼう》にひとり残っていた、三角巾をつけた太めのおばさんがこちらにやってくる。

しかも、ちょっと怖い顔をして。

「す、すみません。ちょっと人と待ち合わせをしていて……」

なぜか謝ってしまった私。おばさんは食事をしそうにない私を見て、きらりと目を光らせた。

「横川美羽さんだね？」

「え、あ、はい……」

なぜ私の名前を。社員証はとっくに外してバッグの中だし……。

首を傾げると、おばさんはニッと笑って厨房の方を指す。握った拳から太い親指を立てて。

「こっちにおいで」

「はい？　でも私、人を待っていて」

「待ち人ってのは西明寺社長だろ？　私は彼に頼まれて、あんたを待っていたのさ」

どこか芝居がかったセリフ。だけどそれがちょっと面白かったので、おばさんを信用してついていくことに決めた。

ブラとエプロンが食い込んだ彼女の背中を追い、厨房の中へ。奥行きのあるそこを通って、バックヤードへ繋がるドアを開ける。

おばさんたちのロッカーと小さなテーブルがあるその部屋の奥に、また小さなドアがあった。

おばさんがそれを開くと、大きなゴミ用のコンテナや、食材が入っていた段ボール箱が雑多に置いてあるスペースが。その奥に地味なエレベーターがついている。

「これは清掃係がゴミを運搬したり、業者が食材を届けたりするためのエレベーターだ。ここから地下一階へ下りなさい。そこであんたの恋人が待っている」

「恋人？　もしや、社長のことですか？　違いますよ、あの人は……」

とんでもない勘違いだ。必死で否定しようとすると、おばさんは『皆まで言うな』というように、手のひらを突き出して私の言葉を制止する。

「わかってるよ。秘密は守る。さあ、行きな。ここは私に任せて」

完全にアクション映画の主人公にでもなったかのようなおばさんは、会心の笑顔で私をエレベーターに突っ込んだ。

そして地下一階に着いたエレベーターから外に出ると、そこには私の恋人……では決してない、宿敵の西明寺社長が立っていた。

「遅い」

高そうな腕時計を見る社長に答えるより先に、周りの様子をうかがう。社長と一緒にいるところを見られたら、また誰に何を言われるかわからない。

しかし周囲に広がるのは、がらんとした駐車場。ビルの隣にある立体駐車場の地下一階にある、お客さま用駐車場だ。その片隅に社長の外車が置いてあった。

「びっくりしましたよ。どうしてこんなことを?」

普通に駐車場集合でよかったような気がするんですけど……。

「お互い、あまり人に見られない方がいいだろ」

社長はすたすたと車の方に歩いていく。

「誰かに何か言われたんですか」

その背中を追いかけると、社長がクールな表情で振り向いた。

「いいや。ただ、社長と秘書でもない特定の女性社員が頻繁に一緒にいたら、下世話な想像をするやつもいるだろう。俺としてもそれは面白くない」

つまり、私と社長が男女の関係である、と考える人もいるだろうってことか。私としても迷惑だし、社長としても、私みたいな女と特別な関係だとは思われたくないんだろう。

そう考えると、なぜか胸がずしりと重くなったような気がした。

「早く乗れ。突っ立っていると轢《ひ》くぞ」

悪役らしいセリフを吐いた社長が、助手席のドアを開けて私を待っている。

何よ。迷惑なら誘わなきゃいいじゃない。

「……やっぱり帰ります。彼女さんに悪いから」

どうしてこんなにがっかりしたような気分なのか、さっぱりわからない。そして、食堂に行くまでソワソワしていた自分に今さら気づく。

「彼女？」

「この前、美術館でお会いしました」

「ああ。あれはそういうのじゃない」

さらりと否定する社長が余計に憎らしい。

どうして私だけ、こんなに動揺しているの。これじゃまるで、社長と会うのを楽しみにしていたみたい。私が彼に片想いしているようじゃない。

「ここまで来てモタモタするな。早く乗れ」

西明寺社長が命令した。けれど私は踏み出せなかった。これ以上、彼に近づいてはいけないような気がしている。

微動だにしないでいると、社長が、ふうとため息をつく。そして、彼の方から私の方に靴音を鳴らして近づいてくる。一歩、二歩。私は動かずにそれを見守っていた。

「行くぞ」

とうとう私の目の前に来た社長は、強引に私の腕を掴む。それだけで心拍数が上がった。

ぐいっと引っ張られ、つんのめるように前に出る。転ばないように足を運ぶと、社長の車のすぐ近くに。開け放されていた助手席に右足をかけたら、自然に左足が追いかけてきた。

助手席のドアを閉めた社長は運転席に乗り込む。自分のシートベルトを締める前に、身を乗り出して私のシートベルトを掴む。

覆いかぶさるようにした社長の首筋から、いいにおいがした。彼は私を逃がすまいとするように、シートベルトを手早く体の前に伸ばした。

近すぎる距離に、思わず息を止める。シートベルトがカチャリと音をたてて無事に装着され、社長が離れていって初めて、深くため息をついた。

「最初から素直に乗ればいいんだよ。余計な手間をかけさせるな」

そう言って、社長は車を発進させる。

私は不思議と高鳴る胸の鼓動が彼に聞こえてしまいそうで、必死に深呼吸をして、自分を落ち着かせようとしていた。

長い距離を走ったわけでもないのに
息が乱れる

三十分後、車は動きを止めた。

外から助手席のドアを開け、西明寺社長が手を差し出す。無視するのも振りはらうのもどうかと思い、自分の手を預けた。

社長の手は、思っていたよりごつごつしている。ツルツルでほっそりした、力仕事をしたことのない御曹司的な手のイメージが覆された。

「逃がさないからな」

私が車から降りたあとも、社長は私の手を離そうとしない。駐車場から隣のビルへ私を連行するように歩いていく。

「逃げないので、離してください」

お願いするも、社長は聞こえていないような顔で華麗にスルーした。

ビルの出入口に入り、階段を上がって二階へ。すぐ見えたドアに【アートギャラリー下山《しもやま》】というプレートがかかっている。

「画廊？」

「俺の行きつけ」

行きつけって、居酒屋じゃないんだから。

心の中でツッコむと、彼がやっと手を離した。同時に重そうなドアを開ける。

「いらっしゃいませ」

スーツを着た老年の男性が私たちを出迎えた。彼の背後に広がる広々とした空間は、白い壁紙で覆われていた。ほのかに感じる油絵の具のにおいが心地いい。

お互いの邪魔をしない絶妙な位置に、さまざまな額装を施された絵画がかけられている。照明や絨毯は控えめに主役を引き立てていた。

「こんばんは。ちょっと見せてください」

「ええ、どうぞごゆっくり。今日は珍しく、おひとりではないのですね」

愛想のいい男性は紳士的に微笑む。社長も黙って微笑み返した。私は挨拶を交わす彼らを放っておき、飾られている絵画をひとつずつ鑑賞する。

知っている作家の作品も、そうでない作品もあった。本物もあれば、模写も、リトグラフもある。

「なかなかいい作品がそろっているだろう？」

食い入るように絵を見つめていた私の横に立って、社長が囁きかけた。

「ええ。素晴らしいものばかりです」

模写でも、営利目的で適当に描かれたものはひとつもないように感じる。それぞれに、画家の魂が色になって見えるようだった。ここの社長がそういうものを選んで仕入れているのだろう。

「うちとは違う……」

思わず、そう零していた。

頭の中には、実家のギャラリー。横川円次郎の作品しか扱っていない、おばあちゃんの趣味の延長と言われても仕方ない画廊。

この多種多様な作品を扱う画廊を見てしまうと、実家がとても独りよがりなものに思える。多くのお客さんを迎える気はさらさらなく、訪れるのは横川円次郎を好きな人に限られている。

ファンは閉鎖的な空間でこそ、癒される。そう思うのは、私が横川円次郎の孫だからなのかな。世間のほとんどの人は必要としていない画廊。潰して、その土地を新しいリゾートホテルに捧げた方が、たくさんの人に喜ばれるのかな。

「余計なことを考えるな。絵を見ることに集中しろ。課題の絵、まだ見つかっていないんだろう？」

社長の声にハッとした。

いけない、いけない。なかなか美術館で見られない作品が多い今こそ、集中しなくちゃ。

目の前の絵画に意識を向ける。するとすぐ、その世界に入り込めた。筆の跡や色彩から画家のメッセージが聞こえてくるようだ。

私と社長は無言で作品を見つめた。すべての作品を見終わったところで、受付にいた男性が声をかけてくる。

「西明寺さま。お時間があるようでしたら、上の階の展示もご覧ください」

なんと、このギャラリーにはまだ違うフロアがあるらしい。私が目を輝かせると、社長はうなずく。

「ええ。拝見いたします」

「この前おいでいただいたときとは、がらりと変わっております。日本にあまり来ない画家の作品が何点か入りました」

男性に案内され、階段を上がって上のフロアに。そのドアを開けられた瞬間、私は息を呑《の》んだ。

正面の壁に飾られた、大型キャンバス。描かれているのは外国の風景。肌が白い、欧州系の人々が市場でいきいきと品物を売り買いしている。その足元で走り回る猫や子供たち。

「これ……このタッチは……」

その横には、市場の絵とは対照的な暗い雰囲気の絵が。古い服を着た、濃い肌の色の子供が、大きすぎる目でこちらに何かを訴えている。その腕の中には、今にも息を引き取りそうな、やせ細った赤ん坊が。

「同じ画家の作品なんですが、まったく違う趣きでしょう」

男性が社長に話しかける声が聞こえた。

間違いない。この筆の運び方。色の乗せ方。作品の右下端に入れられたサイン。

「横川雄一郎」

作品の脇につけられているプレートを見て、社長が画家の名前を読み上げた。

そうだ。この作品は、どちらもお父さんが描いたものだ。

「こ、この絵は、画家から直接買ったんですか?」

突然大きな声を出した私を、男性は驚いたように見つめる。

「いいえ。確か、うちの社長がオークションで手に入れたものだと」

「出品者はわかりますか?」

「出品者の名前が伏せられているオークションだったと記憶しています。申し訳ありません」

私は遠慮なく、がっかりと肩を落とした。

お父さんがこの画廊に直接絵を売ったのなら、ここから連絡がつくかと思ったのに。居場所も不明なままか。

「この画家は世界中を放浪しながら、出会った人々を描くんですよね」

社長が言うと、男性はこくりとうなずいた。

「ですから、作品を手に入れるのが困難なのです。世界中の資産家の自宅や美術館に散らばっていると言われています」

「どれも素晴らしい作品だ」

「ええ、世界的に評価は高いです。いや、十年ほど前まではさほど有名ではなかったのですが、徐々に評価を上げてきました。しかし消息がなかなか掴めないので、幻の画家とも言われていますね」

うちのお父さん、ゲームでなかなか出現しないレアキャラか。若い頃は全然売れなかったとおばあちゃんに聞いたけど、今はそれなりの評価を得ているらしい。

「では、画家とコンタクトを取ることは、下山さんでも」

「不可能でございます」

きっぱり答えた男性の言葉に打ちのめされた。やっと見えた希望が打ち砕かれたみたいだ。

お父さんを捕まえて、保証人の件を詳しく聞きたい気持ちもあるのだけど、とにかく会いたい。思えば、おじいちゃんの葬式さえ、連絡が取れなくて来られなかったんだった。

「残念だったな、横川」

「うう～……」

ぽん、と私の肩を叩く社長の顔は、どこか嬉しそうだった。勝ち誇ったみたいな表情で笑っている。

「でもまあ、いいじゃないか」

彼は私の肩に触れたまま、壁の作品に視線を移す。

「自分の父親が、こんなに素晴らしい作品を残していることがわかったんだから。おじいさんと同じように、世界中の人々の目を楽しませている」

社長の言葉を聞き、男性がびっくりした顔で作品と私を交互に見た。

私ももう一度、お父さんの作品を眺めてみた。おじいちゃんの作品にある温かみとは別のものを感じる。生きる人々の、それぞれの生命力の強さとでも言おうか。

「このような画家の娘であることを誇りに思え」

幼い私を置いていって、代わりに借金を背負わせる。それをまったく知らないで、好きな絵を描いて暮らしている。そんなひどい父親でも、あなたは誇りに思っていいと言うの？

絵の中にはどこにもお父さんの姿はない。それでも、彼の息遣いや体温をそこから感じられる。

「社長、ずるいです……」

もしかして、お父さんの絵が入荷されたって知っていて、私を連れてきたの？　こんなことをされたら、泣いてしまうじゃない。

お父さん、たくさんの素敵な絵を残しているんだね。今どこにいるの。元気にしている？　私のこと、たまには思い出してくれている？

零れてくる涙を指で押さえる私を、社長がそっと抱き寄せる。その仕草があまりに優しくて、唇が震えるのを堪《こら》えられなくなった。

大好きだったお父さん。どうか、一度帰ってきて。顔を見せて。会いたいよ。

なかなか表に出せない素直な思いは、涙になって零れ落ちた。社長は黙って、私の髪を優しく撫でていた。

一時間後、私たちはギャラリーから一番近くにある自社ホテルの一室にいた。

メイクがボロボロに崩れ落ちた私への配慮で、社長が空いている部屋を探してくれたのだ。

以前連れていかれた会員制ホテルではなく、誰でも使えるビジネスホテル。唯一空いていたダブルベッドが置かれた洋室は、ブラインドを開ければ夜景が見えるようになっている。洗面台の前には壁一面を覆う大きな鏡。

アメニティのメイク落としや洗顔料って、大体メイクが落ちにくくて、肌がつっぱるんだよね……でも、お泊まりするような彼氏はいないから、マイメイク落としなど携帯していないし。

しぶしぶ使ったアメニティは、思ったより使用感がよかった。もともと濃くない私のメイクは、なんの問題もなく綺麗に落ちた。ダブル洗顔をして、すぐに化粧水で保湿する。

「ぷは……」

すっぴんの自分に自信はない。けれど、まるでハロウィンのお化けみたいだった顔よりはマシだと思うことにする。

首筋や髪に残っている水滴を柔らかなタオルで拭いていると、なんだか落ち着かない気持ちになった。

これって、彼氏とお泊まりするみたい……。

いや、ほら！　鏡だけ見るとね！　首から上だけね！

洗ったばかりの顔が火照《ほて》る。私、何を考えていたのか……。

自分のポーチからメイク用品を出し、簡単にメイクをしてから社長の前に出ていこうと思った。そのとき。

「おい、遅いけど生きているか？」

ガチャッと不躾な音がして、突然バスルームのドアが開かれた。

「きゃあああ！」

思わず、すっぴんを隠す。

「ど、どうして急に開けるんですか。トイレに座っていたり、シャワーを浴びていたりしたらどうするんですか」

「鍵が開いていたからだ。無論、ちゃんとそれらしき音がしないことは確認してから開けた」

音、確認するな～！　トイレで用を足していたらどうするのよ！

お下品なことを考えてしまい、その恥ずかしさをごまかすために片手で顔を隠し、もう片方の手で社長の腕を押して、バスルームの外に出そうとする。

「メイクしたら出ていきますから！　お忙しいでしょうから、先に帰っていただいて大丈夫ですよー！」

全力で押すけど、社長はびくともしない。

「もう夜だぞ。あとは飯食って風呂入って寝るだけなのに、どうしてメイクをする必要がある？　やめておけ」

「そういうわけには……っ」

抗弁する私の両手が、前触れもなく封じられた。社長に掴まれた両手は、万歳の格好に上げられる。息を呑む私を、彼は悪魔の笑顔で見下ろす。

「なんだ。必死に抵抗するからどれだけひどいのかと思いきや、そうでもないじゃないか。モナリザと同じゼロ眉毛だったら面白かったのに」

声を上げて笑う社長。ひどくないと言いながら、ひどいものを見たような反応に苛《いら》立《だ》つ。

モナリザ、確かに眉毛ない。ゼロ眉毛。私はちゃんと、自眉毛あるもん。逆に手入れしないと、フリーダの自画像みたいになる危険が……って、そんなこと言わなくていいか。

　私がちょっと力を抜くと、社長も力を緩めて左手を離す。しかし、右手は私の左手に繋がれたまま。

　大きな手。ごつごつと骨ばった、男の人の手だ。

「さっきの可愛かったお前とは、別人みたいだな」

　言われて余計に体が熱くなる。

　私としたことが、この悪役社長の前で泣くばかりか、そっと抱き寄せられてしまった。一生の不覚だわ。

「人前で泣くような女がお好みですか」

「いいや。普段強がっている女が、ふとした瞬間に見せる脆《もろ》さに弱いんだ」

　彼は何を言っているんだろう。そして、いつまで手を繋いでいるつもりなんだろう。

「面白いな、お前。会うたびに違う表情を発見させられる」

　まっすぐに目を見つめられて、思わず視線を逸らした。

　愛《いと》おしい女に向けるような視線で私を見ないで。勘違いしそう。

「離してください……」

懇願する声が天井に吸い込まれていく。代わりに聞こえてきたのは、決然とした拒否の言葉。

「嫌だね」

社長は悪役らしく言った。

「横川美羽。お前が欲しくなった」

空いていた彼の左手が、うつむく私の顎を捕らえて上を向かせる。眼前に迫る端麗な顔。黒い瞳に素顔の自分が映る。

「何を……あなたが、社長が欲しいのは、私の実家の土地でしょう?」

「ああ。西明寺ホテルの社長としては、あの土地が欲しい。でも、ただの男としての俺は、それよりお前が欲しい」

ごくりと唾を飲み込む。社長が言っていることが理解できないわけじゃないけど、素直には受け入れがたい。

「からかわないでください。実家の土地が欲しいからそう言うんでしょう? 私があなたに籠絡すれば、簡単に手に入れられると思って」

そのすぐあとに手ひどくフラれて捨てられる自分が、容易に想像できてしまうのが悲しい。自分が魅力的な女性でないことくらい、痛いほどわかっている。

言い返す声が震えた。心臓が、信じられないくらいの速さで鼓動を打っている。

「逆に、お前が俺を籠絡すれば、借金をチャラにできるとは思わないか？」

悪魔の囁きが耳朶《みみたぶ》を撫でた。

「あなたが色に溺れる人だとは思いません」

「光栄だ。予想以上に信頼されているらしい」

くくっと喉を鳴らして笑う。そんな姿さえ婀娜《あだ》っぽく見える。

「借金と絵の問題はきっぱりと別にして、俺のものにならないか。横川美羽」

夜の闇を溶かしたような瞳に、吸い込まれそうになってしまう。しかし社長を信用してはいけない。彼は私の敵だもの。頭の中で警鐘が鳴る。

「俺のものって……」

問う声が掠《かす》れた。

「俗に言う、恋人というやつだ」

恋人。便利な言葉だ。彼には私の他に何人、恋人がいるのだろう。

「私は、あなたのコレクションに加わる気はありません」

美術品を収集するように、女性も珍しいからといって自分のそばに置けると思わないで。どれほど財力があろうと、思い通りにならないこともあるんだから。

「そもそも私はあなたのこと、好きじゃな――」

振りはらおうとした手を強く握られた。息を呑んだ瞬間、ぐいっと引き寄せられる。

抵抗する間もなく、今度は社長の左手が私の後頭部を捕らえた。

目を見開く。止められない。鼻先同士がニアミスする。

私の言葉を封じ込めるように、彼の唇が私の唇を塞いだ。

強く押しつけられた唇の熱に、理性が溶かされる。

激しく抵抗しない私に気をよくしたのか、社長は角度を変え、優しく甘い口づけを繰り返す。私は震える手で、すがるように彼の腕を掴んだ。

まぶたを完全に閉じる前、鏡に映った自分たちを見て驚く。まるで本当の恋人同士のようで。

どうして私、ちゃんと抵抗しないんだろう。社長の思い通りになっているんだろう。

なんでこんなに、胸が熱いの。

社長の手が私の背中に回る。密着させられそうになった、そのとき。

「……ちっ」

先に唇を離したのは社長だった。彼は無遠慮な着信音に苛立って、舌打ちをした。

鳴っているのは私の携帯だ。鏡の前のバッグから、マヌケなメロディが容赦なく、濃密になった空気を壊す。

我に返った私は社長を押し返し、バッグの元へ急ぐ。携帯を取り出し、画面に表示された相手の番号をしっかり見もせず電話に出た。

「もしもし」

長い距離を走ったわけでもないのに、息が乱れる。ふと見た鏡に映った自分の唇が、濡《ぬ》れて光る。耐えられないほど恥ずかしい。

誰よ、こんなときに……じゃなかった。ありがとう、流される私を助けてくれて。

ふうと息を吐いた瞬間、向こうから声が聞こえてくる。社長はこっちを睨むように見ていた。

『おーい、俺だよ。元気にしてるかー？』

「おれ……？」

電波の状態が悪いのか、雑音が交じった聞き取りにくい声に眉をひそめる。

特殊詐欺の一種かしら。ただのいたずらかも。

顔から離した携帯に表示されるのは、【非通知】の文字。

通話を終えようと、指を出した。すると——。

『俺がわからないのか、美羽。お父さんだぴょーん』

だぴょーん……？

とっても古い感じの語尾。聞き取りにくいけど、これは間違いない。この空気を読まないお調子者は、まさしくお父さんだ！

「お父さん‼」

怒鳴った私を、社長が驚いたように見つめる。私は通話をスピーカーモードに切り替えた。

「お父さん、今どこにいるのよ！　お父さんのせいで、こっちは大変なんだよ！」

『えぇー？　なんだよ、久しぶりなのに。どうしたんだよう』

私は実家がお父さんの借金のカタに取られそうになっていること、それを回避するために無茶な課題に挑んでいることを手短に話した。

『あれっ。あの人、逃げちゃったの。いい人だと思っていたんだけどなあ』

どうやら保証人になってしまったのは真実で、本人の記憶もあるらしい。お人よしなお父さんに、見えないところでがっくりと肩を落とす。

『それで、いい絵は見つかりそうなのか？』

「まだよ。途方に暮れているところ」

『んー。じゃあ、自分で描けばいいんじゃないか？　美羽も絵が描けるんだし。星の数以上にある既存のものから選ぶより、イメージに合う絵を描いた方が早い』

無責任なお父さんの言葉に、頭の中でぷっつんと何かが切れたような気がした。

私はお父さんのせいで窮地に立たされているのに、それをなんとも思わないで、勝手なことを言わないで。

「あのねえ……私はもう絵を諦めたの。今は一般の会社員」

『は？　なんで？　そうなの？』

私が就職したことも知らなかったお父さんは、すっとんきょうな声を上げた。最後に会ったのは、まだ大学生のときだっけ。

「とにかく、私は描けないの。私はおじいちゃんでもお父さんでもないんだもの」

小さい頃から絵が大好きだった。遠近法、明暗法など、いろいろな技法を教えてくれる師匠は身近にいた。画材に困ったこともなかった。ただひとつ、私になかったのは――才能だ。

技術的に上手な絵を描くことはできる。模写ならいい感じに描けるだろう。ただ、私の発想力、観察力、表現力は凡人のそれと同じ。〝上手〟以上の絵は描けない。

「ねえお父さん、一度帰ってきて協力して。おばあちゃんもとても心細く思っているの。わかるでしょう？　みんなで過ごした家が、取り壊されちゃうの」

『今すぐは無理だなあ。もうすぐ一作仕上がるから、そうしたら帰るよ』

「もうすぐって、いつよ」

『さあ……』

「さあ、じゃないっ！」

これだから芸術家ってやつは！　才能がなくても、ちゃんと時間通りに会社に行って仕事をする私の方がよっぽどまともよ！

『ご、ごめんよ』

「こら、逃げるなっ。今どこにいるかだけでも――」

『あ、あ、電波が悪いなあ。電波が、電波が～』

――ぶちっ。

下手《へた》な演技をして、お父さんは一方的に電話を切った。呆然と立ちつくす私の耳には、もう何も聞こえない。

「お父さんは創作活動の真っ最中らしいな。家族がどんな状況だろうと、今手がけている作品を仕上げるまでは帰ってくる気はないと見た」

「淡々と説明しないでいただけますか、うちの家庭事情を」

しかも、その表情はどこか嬉しそう。他人の家の複雑な事情が面白くて仕方なさそうな顔。

「お父さん、いいアドバイスをくれたじゃないか」

「え？　何か言ってましたっけ？」

自分勝手なお父さんに怒りを煮えたぎらせる私の頬を撫で、社長は二重の目を細めた。その奥には怪しい光が宿っている。

「イメージ通りの絵が見つからなければ、自分で描けばいい。美大で培った技術をここで――」

「お断りします」

もう絵描きになりたいなんて夢物語みたいなことは、想像もしなくなっている。私はただ、平穏な毎日を送りたい。仮にいいアイデアが浮かんだとしても、期限はあと三週間ほど。平日に仕事から帰ってきて仕上げるのは無理だ。時間が足りない。

「帰ります。父の絵を見られたことは、とても嬉しかったです。ありがとうございました」

ぺこりと頭を下げる。これ以上ここにはいられない。

それに、おばあちゃんに連絡しなくちゃ。お父さんは生きていて、どこかで元気に絵を描いているって。

「まあ、そう急ぐな。さっきお前がメイクを落としている間に、ルームサービスを二人前注文した。そのうち届くはずだ」

社長が食べるルームサービス……おいしいものに違いない。思わず、ごくりと喉が鳴る。

「い、いえ。帰りますっ」

子供じゃあるまいし、食べ物につられてどうする。首を強く横に振る私に、社長がくすくすと笑いを漏らす。

何がおかしいのよ。

「思ったより意識していただけたようだ」

「な……」

「さっきのことは謝らない。お前は必ず、俺のものにする」

お父さんの電話による乱入で、一度ぶち壊しになった甘く濃密な空気が、再び社長の首元から噴出し、一瞬にして部屋中に満ちる。

この人、何を考えているか全然わからない。

「き、聞かなかったことにします！」

私はバッグを掴んで社長を押しのけ、やっとの思いでバスルームからの脱出に成功した。少し段差があって転びそうになったけど、なんとか耐える。

「できるものなら、忘れてみろ」

余裕を漂わせた声が背中にぶつかった。

「さ、さよならっ。絵の件はまた連絡します！」

おばあちゃん、私は貞操を守るわ！

絨毯が敷きつめられた床が、ヒールの音を吸収する。私は走って部屋の外に出て、ドアを閉める。すぐ背後で、オートロックが作動する音がした。

「う～、もう！」

ドアに背中をつけて唸った。

今夜はいろんなことがありすぎて疲れた。

お父さんのバカ。大変なことを私とおばあちゃんに丸投げして。家族より絵が大事なのね。もう老後の面倒も見てやらないから。

しかし、しかし、それにしても、西明寺社長め……付き合ってもいない女の唇を奪うとは！　許しがたい！

本気を出せば、私をここから出さないことも、社長にはたやすいはずだった。でもそうしなかったのは、結局は本気を出すほど私に執着していないからだろう。

翻弄されるな、私！

すっぴんの頬を自分でパンパンと打って、ズンズンと歩きだす。

途中でルームサービスのワゴンとすれ違った。

そこからはとてつもなくいいにおいが漏れてきて、私は部屋に留まらなかったことを、爪の先くらいほんの少しだけ、後悔した。

おばあちゃんはゆっくりと話す

いったいあれはなんだったのか……。

けたたましく鳴る携帯のアラームを止め、むくりと起き上がる。周囲を見回すと、狭い部屋に小さなローテーブル。その上に飲みかけのお茶が入ったペットボトル。コンビニのうどんのカップまで残っている。

昨夜コンビニに寄って、なんとか帰ってきたところまでは覚えているけど、とにかく混乱していたから記憶が途切れ途切れだ。

おぼつかない足取りでシャワーを浴び、着替える。メイクをしようと鏡を見たとき、唐突に昨夜の光景がフラッシュバックした。

鏡の中で、西明寺社長が私を抱き寄せ、キスをする。

「あわわわわわわ……」

古い陶器の洗面台を掴んで、しゃがみ込んでしまった。勝手に浮かんでくるビジョンを振りはらおうと、縦に横に頭を振りまくっていたら、洗面台の縁にぶつかった。

「ぐはあ」

頭を抱えてうずくまる。ぶつけた衝撃で、舌も噛んだ。

痛い。このまま死ねそうな気がする……。

やっぱり全部、夢だったんだ。そういうことにしよう。あのセレブ社長が、こんなマヌケな私のことを本気で相手にするわけないじゃないか。

ふらりと立ち上がると、自分の目に涙がにじんでいた。

死んでたまるか。ここで私が死んだらおばあちゃんはどうなるの。

ちょっと頭を打ったくらいで死なないことは理解している。けど、これから出勤するには、無理やりに自分を鼓舞することが必要だった。

「熱はない。では会社に行こう。私は画家志望の学生じゃない。立派な社会人なのだから！」

有名な女性歌劇団の男役っぽい。自分の声を聞いてそう思った。


出社すると、与えられた仕事を黙々とこなした。現地まで足を運び、カーペットや壁紙を色見本片手に眺める。

オフィスに帰ってくると、もう昼過ぎだった。社長に『昔話のじいさんみたい』と言われたおにぎりを食べながらパソコンに向かっていると、松倉先輩に注意される。

「ねえ、そんな大きなおにぎり食べながら仕事されると、みんなが気になって仕方ないんだけど」

「えっ」

周りを見ると、みんながくすくす笑っていた。

「すみません。すぐ飲み込みますので」

慌てて咀嚼してお茶で飲み下すと、隣の女性社員が鏡を差し出してきた。歯に海苔がついていないか確認して、ひと息つく。

そういえば社長、昨日の昼にあげたおにぎり、本当に食べたのかな。

社長の顔を思い浮かべたら、少し胸が痛んだ。

あの場では笑っていたけど、あんなふうに無礼を働いた私に、きっとご立腹しているだろうな……。

「横川さん、こっちに来て」

三時頃、課長に召喚された。オフィスの隅の小さなミーティングルームに案内される。大人ふたりでちょうどいい空間に、課長と膝を突き合わせて座った。

「昨日言っていた新しい仕事だけどね。早速、横川さんに合いそうなものが飛び込んできたんだ」

「本当ですか⁉」

背を伸ばした私に、課長がファイルに収められた資料を手渡す。

「静岡にある、歴史あるホテルなんだけど」

「あ、ここ知っています！　地元の友達の結婚式で行ったことがあります」

実家から電車で一時間半くらいかかるところにある古いホテルは、その特徴的な外観で、とても印象に残っていた。

創業は明治で、今ある建物の元ができたのが昭和初期。運よく戦火にも焼かれずに残り、耐震補強や改修を繰り返して今に至る。

外観は、日本庭園の奥にある天守閣といった趣きの日本風の建物だが、中に入るとヨーロピアンクラシカルな内装で統一されている。明治の文明開化直後にできた貴族の屋敷といった雰囲気で、外装とのギャップが面白い。

「単刀直入に言うと、経営会社が破綻しそうでね。もったいないからうちが買い取ったんだけど、少し改装をすることになって」

そう言われてから資料を見直すと、〝クラシカル〟という言葉では拭《ぬぐ》いきれないいくらい劣化を感じる部分がある。

"クラシカル"はいいけれど、"古くさい"はいけない。社長ならそう言いそうだ。

「中には少なからず美術品も残されている。それも丸ごと買い取ったんだけど、扱い方がわからなくてね。絵とかって、湿度や温度の管理が難しいんだろ？」

「いい状態で保管をするには、ってことですね」

「そうそう。例えば風呂場や脱衣所に置いちゃダメだろ」

当たり前だ。カビが生えるわ。

そんなことは課長も承知しているだろうから、わざわざツッコむのはやめた。

「基本は今のクラシカルさを保ちつつ、あまりに古くさく見えるところは改装。美術品は横川さんのセンスで移動してもらって構わないから、外した方がいいものは外して、いい感じに会社の倉庫に送ってほしい」

確かに絵画を扱ったことのない社員じゃ、古い絵画の移動や保管辺りで余分な時間を食ってしまうだろう。

「ただ、この大きなホテルを横川さんひとりに任せるのは大変だろうから、今回は先輩社員と組ませることにする。いろいろ教えてもらって」

「はい！」

美術品の扱いだけならともかく、いきなりだだっ広いホテルの全体を任せられるとなると、さすがに荷が重い。

昨日の今日で、こんなにトントン拍子に話が進むとは。意外に私、運がいいのかも。

新しい仕事をもらって舞い上がる私に、課長は笑顔で言う。

「じゃあ、あとは松倉くんに――」

「え？」

今、なんて……。

立ち上がった課長は、言いかけて一旦ミーティングルームから消えた。ドアのところで誰かを手招きしているかと思うと、呼ばれて現れたのは……。

「松倉くん。この前言っていたクラシカルホテルの件、横川さんと一緒にやってもらうから、サポートよろしくね」

狭いミーティングルームに押し込まれるようにして入ってきたのは、松倉先輩だった。とても迷惑そうな顔をしている。

いや、迷惑なのはこっちですから。こんなチャラい勘違い男と初の大仕事とか、マジ勘弁してください。

私と松倉先輩の間に漂う殺伐とした雰囲気を感じたのか、課長が少し寂しくなってきた頭髪を撫でながら言う。

「あ、あれ？　あんまり親しくないの？　うーん。でもお互い大人でしょ。同じ職場の仲間だからね。仲良くやってよ」

「はあ……」

別に仲良くしたかねーよ。

とは言えず、舌打ちしたい気持ちを押し込める。

「そうと決まれば、早いうちに一度現場を見に行ってもらわないとな」

「それはそうですね」

諦めたように、松倉先輩が資料を見ながらうなずいた。

ええー、気が重い。この勘違い男と静岡まで一緒に行かなきゃいかんのか。せっかく心躍るような仕事を与えられたのに、ツイていない……。

「あとはふたりで打ち合わせをして決めていって。じゃあ」

ミーティングルームから容赦なく出ていく課長。ああ、行かないで。

残された私と松倉先輩は視線を合わせず、しばし黙りこくっていた。

気まずい沈黙。それを破ったのは、松倉先輩だった。

「横川さん、意外にしたたかなんだ」

ちゃんと聞こえていたけど、返事をしなかった。松倉先輩はひとりごとのように続ける。

「社長の次は課長を味方にしたの？」

ほら、嫌味じゃん。

「運がいいんじゃないですか。そっちこそ、意外に性悪なんですね。あんな些末《さまつ》なことを根に持つ人だとは、思っていませんでした」

一緒にホテルに行こうと誘われ、どうしようか迷っていたら社長に拉致された。それだけだ。私にはなんの落ち度もない。

一度、真面目にケンカをする必要があるのかもしれない。覚悟を決めた私は座ったままの姿勢で、立っている松倉先輩を睨む。

「もうそれは言うなよ。こっちが悪かった」

驚くほどあっさりと、松倉先輩は捨てゼリフを吐くように謝罪の言葉を口にした。頭は下げなかったけど。

謝ってきたのだから、こっちも引きずってはいけない。私はただ、こくりと小さくうなずいた。

「じゃあ、改めて仕事の話をしようか。とにかく現地を見なければ始まらない。ホテル運営スタッフがいいと言えば、すぐにでも行くか」

「問い合わせます」

「ついでに、宿泊できる部屋が空いてるか聞いておいて。日帰りじゃ無理だろうから」

「えっ」

つまり、一拍して二日がかりで下見をしようということか。ホテル運営スタッフとも話をしておきたいし、確かに一日じゃ足りないかも。

「わかりました。先輩の部屋だけ予約しておきます。私は実家が静岡なので、実家に帰ります」

「そう。いいんじゃない」

松倉先輩は社長に拉致された私を、彼の所有物とでも思っているのだろうか。以前のようにセクハラまがいの目で見るようなことはなくなっていた。

そのまま淡々と段取りを決め、私たちはそれぞれのデスクに戻った。パソコンを開くと、今までの取引先からのメールが何件か来ていた。社内メールは、ない。

静岡のホテルに問い合わせの電話をかけながら、緑化された屋上に思いを馳《は》せた。

社長は今日も、こっそりあそこで息抜きしているかな。それほど暇ではないかな。

私に突然キスをした彼は、他の男と一緒に出張に行くと知ったら、どんな顔をするだろう。

『お前が誰とどこへ行こうと関係ない』と冷たい反応を返すだろうか。それとも。

コール二回で電話は繋がった。受話器の向こうから礼儀正しい声が聞こえてくる。

私は無理やり、屋上でコーヒーを飲む社長の姿を頭の中から追い出した。


帰宅時間になり、周りをきょろきょろと見ながら会社の外へ出る。

「……いないか」

このところ、神出鬼没な社長に帰宅時に拉致されることが続いたので、思わず警戒する。しかし、目立つ社長の姿はどこにもなかった。食堂のおばちゃんが現れることもない。

肩の力が抜けた。同時に、胸を風が吹き抜けていく。まるでそこに、ぽっかりと穴があいているみたいに。

変なの。これじゃ、社長が現れるのを期待しているみたいじゃない。

「そんなことないし」

一度キスされたくらいで意識してしまうなんて、中学生じゃあるまいし。きっと社長は、誰にでもああいうことをしているんだ。だって悪役なんだもの。

社長が他の女の人にキスをする場面を想像した。自分で想像したくせに、とても気分が悪くなった。寂しいような、悔しいような、とにかく嫌な気分だ。

唇を噛むと、ふっと頭をある光景がよぎっていった。昨日の下山ギャラリーで見たお父さんの絵だ。

今の私には買えないような値段がついていた、お父さんの絵。あれをもう一度見たいなあ。

私は『フランダースの犬』のネロのように、空腹を抱え、お父さんの絵を求めて歩きだした。

携帯で道程を調べながらたどり着いた下山ギャラリー。そこを訪ねた私を待っていたのは、信じられない事実だった。

「売れちゃったんですか？」

なんと、昨日飾ってあったお父さんの絵が、たった一日で売れたというのだ。しかも二枚とも。

「せっかく足を運んでいただいたのに、申し訳ありません」

昨夜も対応してくれた男性が、うやうやしく頭を下げた。

「どなたが買っていかれたかは、もちろん——」

「お教えできません」

だよなあ。今の時代、どの商売でも個人情報を垂れ流すところはないよね。そんなことをしていたら信用を失ってしまうもの。

「もしまた同じ作家の作品が入荷したら、ご連絡をいただけるでしょうか」

「ええ。構いませんが……」

男性は曖昧に笑った。ここは美術館ではない。商品である絵を買いもしないのに見に来る客と思われたのだろう。私の身なりを見れば、お金持ちでないことは一目瞭然だから。

「よろしくお願いします」

悔しかったから、苦し紛れに会社の名刺を渡して、すぐに下山ギャラリーをあとにした。

誰がお父さんの絵を買っていったんだろう。たった一日で二枚ともなくなるとは、思ってもみなかった。

とぼとぼと家に帰る途中、コンビニでパスタサラダとコーヒーを買って気づいた。

私、おばあちゃんに電話をかけるのを忘れていた。

昨夜、ホテルを出るまでは、おばあちゃんに連絡しようと思っていたのに。西明寺社長とのキスシーンが脳裏をちらついて私を混乱させるから、頭の片隅に追いやられたのだろう。

暗い部屋の電気をつけ、散らかしっぱなしだったテーブルを手早く片づける。綺麗になったその上に、コンビニの袋を置いて電話をかけた。

コールを十回鳴らしても出ないので、心配になる。おばあちゃんが夜に出歩くことは、ほぼない。まさか、実家で倒れているんじゃあ……。

『はい。どなた？』

一度諦めて切ろうかと思った瞬間、おばあちゃんの声がした。

「もしもし、おばあちゃん。美羽だよ。ねえ、お父さん、生きてた」

『えっ？』

いきなりの報告に戸惑うおばあちゃんに、昨日の状況を話す。もちろん、社長は登場しないように。

「今、新しい絵を描いている途中みたい。完成するまで帰ってこないつもりよ」

『あらそう。そうでしょうねえ。あの子は夢中になると周りが見えなくなるから。自分でこうと決めたら、てこでも動かないんだもの』

おばあちゃんはいつものおっとりした口調を崩さない。けれど、どこかほっとしているように聞こえた。

『まあ、でも、元気でよかったわ』

……こういう人なのだ、うちのおばあちゃんは。いくら迷惑をかけられていても、怒ったりしない。たいていのことは受け入れてしまう。

「お父さんが帰ってきてくれればいいのに。お父さんの絵、百万円くらいするのに、一日で二枚も売れちゃうほど人気なのよ。せっせと実家で描いて売れば、借金もすぐ返せるかもしれない」

『でも家にいたら、あの子らしい絵は描けないかもしれないわね』

もっともな意見に、言葉を封じられた。お父さんの絵は、さまざまな場所で新しい出会いがあるからこそ生み出される。

「それは、わかるけど……」

穏やかに愚痴を封じられた私は一瞬、何を言えばいいのかわからなくなる。

「あ。そういえば、木金にそっちに出張に行くから」

『木金？　急ねえ』

お父さんの話題をやめ、新しく取りかかる仕事の話をした。

『ああ、あのホテルね。おじいさんと一緒に行ったことがあるわ。素敵なところね。あそこの改装を美羽が任されたなんて、鼻が高いわ』

「任されたって言っても……結局は先輩とペアでやるのよ」

『それでもいいじゃない』

おばあちゃんの明るい声に、ほっとする。

「木金、泊まりに行くから」

『えっ？　それはいいけど……クラシカルホテルに泊まった方が、いろいろと都合がいいんじゃない？』

「仕事とプライベートは分けたいの」

松倉先輩と同じ屋根の下に泊まるのが嫌だとは言わなかった。わざわざ余計な心配をかけることはない。

『そう。私はいいのよ。いつでも歓迎するわ』

「じゃあ、木曜の夜に」

実家に帰れると思うと、少し気分が楽になった。

ささっと夕食をとり、深夜まで画集を広げたり、ネットでさまざまな絵画の画像を見たりする。

課題のラウンジに飾りたい絵画の方向性は見えてきた。めぼしい絵画のタイトルをノートに書き留める。

実家を失うわけにはいかない。私やお父さんが帰る場所を守らなきゃ。

翌日。つい昨日まで地味な仕事をしていた私と松倉先輩が、いきなりタッグを組んで大きな案件に取り組むことになり、周囲も驚いていた。

「私が一番驚いてるよ……」

「何をぼそぼそ言っているの」

「いいえ、何も」

松倉先輩は人格の良し悪しはともかく、仕事はできる人なので、いろいろと教わりながら計画を立てていく。その合間に、私は既存の仕事も同時進行しなければならなかった。

昼休みになり、自分で握ったおにぎりを持って屋上へ向かった。

緑化された屋上は、昼休憩を満喫する社員でにぎわっている。きょろきょろと見回すと、端っこのベンチが空いていた。

女性社員はみんな日陰を好む。紫外線が気になるから。しかも季節は初夏。直射日光は露出した首元の肌を容赦なく熱くする。

すとんとそこに座り、ふう、と息をつく。水筒のお茶をひと口飲んで、蓋を閉めた。

携帯を片手に、雑にナプキンをほどき、ラップに包まれたおにぎりを出す。あーん、とひと口目をかじろうとしたとき、すっとそれが宙に浮いた。

大きく口を開けたまま見上げると、そこにはいつの間にか西明寺社長が立っていた。私のおにぎりを奪い、にやりと笑っている。

この前の夜のことを思い出し、ぼっと火が点いたように体が熱くなる。

私、この腕に抱きしめられた。そんでもって、キスまでされた……。

「しゃ、しゃしゃしゃ、社長」

周りがちらちらとこちらを盗み見る視線に気づく。女性社員たちは社長を背後から思いきり指差し、頬を紅潮させていた。

そう、彼は女性社員の憧れの的なのだ。知らなかったけど、今気づいた。そりゃそうだよね。イケメン御曹司なんて、滅多に出会えないもの。

「これをよこせ」

社長は前触れもなく、昔話に出てくる悪い鬼のように言った。まるであの夜のことを何も覚えていないかのように。

「もちろんタダでとは言わない。物々交換だ」

目の前に茶色の紙袋が差し出される。中を覗き込むと、色とりどりの野菜やゆで卵、チキンが入ったサラダのプラスチックカップの上に、バターの香りがするクロワッサンが載っていた。

もう一度袋を確認すると、それはデパ地下の人気ベーカリーのものだと悟る。数ヵ月前に買い物に出たとき、パンと一緒にサラダを買おうと思ったけど、どれもひとパック千円超えしていたので諦めた思い出がよみがえる。

「昼食を秘書に頼んだら、こんなものを選んできてな」

「素敵じゃないですか」

「ウサギでもないのに、草で腹が膨れるか」

社長はダメ押しに、広い飲み口のスムージーまで押しつけてくる。それは確かに、藻で覆われた季節外れの学校のプールを思わせる色をしていた。パッケージのオシャレな英語でも拭いきれない、まずそうな感じ。

「きっと社長の体を気遣っているんですよ」

「それは俺が自分自身で管理する。とにかく米が食いたいんだ」

「はあ……こんなものでいいんですか？」

私は鬼に、竹の皮で包まれた……じゃなかった。ラップで包んだおにぎりと、別にしてきた海苔を差し出す。今日はパリパリの海苔を食べたい気分だった。朝から巻かれて水分を吸った、しなしなの海苔も好きだけど。

「歯海苔に気をつけて」

ひとこと付け加えて渡すと、社長はニッと笑った。

そんなにおにぎりが食べたかったのか……。

気がつくと、周りの社員が相変わらずこちらを見ている。まさか社長、隣に座るつもりじゃあ……。

どうしよう。普通の顔でいられる自信がない。今だってじゅうぶん、赤くなってしまっているだろう。対応する声が微妙に震えているのが自分でもわかる。

「ああ。じゃあな」

拍子抜けするほどあっさりと、背を向けて歩きだす社長。ほっと息をつくと、くるりと彼が振り返る。

「そういえばお前、どうしてここにいる？」

いや、それは私のセリフ。どうして社長が、他の社員が多そうな時間に屋上に現れたのか。気に入らないランチを持って。

「なんとなくですけど……社長こそどうして、ここに？」

尋ね返した私に、社長は悪魔のような魅力的な顔で微笑んで返す。

「今日はお前がここにいるような気がしたから」

彼の言葉に、全身の筋肉が固められた。

それって、私に会いたかったってこと？　そう思っていい？

「お前なら、大きめの握り飯を持っていると思った。売店に行くより早いから」

社長室は最上階で、この屋上のすぐ下。売店は一階。そして私は、コンビニサイズではなく、昔話のおじいさんサイズのおにぎりを持っている。女子にしては確かに大きめだ。

何よ、私じゃなくておにぎりを探し求めていたのね。

「ご期待に添えてよかったです」

こんなおにぎりマンにドキドキするな、私。

目線を遠くにして投げやり気味に言うと、社長は嬉しそうにほくそ笑み、こちらに近づく。そして、他の人には聞こえないくらいの小さな声で囁く。

「そうがっかりするな。本当はお前の顔を見たかったんだよ」

——ぼんっ。

破裂音が聞こえそうなくらい、一瞬で顔が上気した。

「あ、う、お」

「じゃあな」

人間の言葉を失った私の頭をぐしゃぐしゃと撫で、社長は去っていった。

慌てて髪を直していると、周囲の視線が突き刺さる。私は何もなかったようなすまし顔を作り、勝手に社長とトレードされたランチを急いで食べた。

せっかくのデパ地下サラダだったのに、味はほとんどわからなかった。


木曜日。松倉先輩と新幹線に乗った私は、すっかり爆睡してしまった。昨夜遅くまで、ラウンジに飾る絵のことを考えていたから。

あのラウンジを思い描くと、どうしても西明寺社長の姿が浮かんできて、集中が途切れてしまう。期限まであと二週間ほどなのに、なかなかはかどらない。

「寝顔はしっかり写真に収めたからね」

「あーはいはい。好きにしてください」

静岡駅で降車してタクシーを捕まえたあと、松倉先輩が、私の大口を開けた寝顔を携帯で撮影した画像を見せてくる。

弱みでも握ったつもりかしら。誰が見るんだか。どうでもいいわ。

それより、これから取りかかる仕事に集中しなきゃ。そして、期限内に課題の絵画を決定する。候補はいくつか上がってきた。もう少し探してから絞り込む予定。

タクシーの中では、ちゃんとタオルを顔にかけて爆睡した。クラシカルホテルに着いたときには、しっかり頭が覚醒していた。やっぱり睡眠、大事。

「おお～」

「いい建物だな。古いけど」

私と松倉先輩はタクシーから降りてホテルを見上げる。少し歩き、外観の全体を写真に撮った。

「さて、行きますか」

「はい」

一瞬で仕事モードになる私たちは、意外に気が合うのかもしれない。そう思いつつ、ホテルの出入口をくぐった。

夕方五時、再び出入口に戻った私と松倉先輩は、翌日の予定を確認して別れた。

「はあ〜……」

タクシーに乗って盛大にため息をつく。

っていうか、我ながら最近ため息が多いな。

ホテルの中は思っていたより老朽化が進んでいた。ヨーロピアンクラシカルな内装は、ひと昔前の豪華客船が氷山にぶつかって沈む映画を思い出させた。

らせん階段にシャンデリア。全体的に丸みを帯び、草花のモチーフが多く使われるアールヌーボー調の内装は、どこを見ても可愛かった。しかし……。

階段の手すりや窓枠はところどころ塗装が剝げているし、カーテンはよく見たら日に焼けて色あせている部分がある。客室も同様に、洗面台やトイレが経年劣化で色が変わってきている。一歩間違えば〝ただの古くさいホテル〟と認識されそうだ。

すべてを真新しく綺麗なものに替えてしまっては、このホテルの意味がなくなる。いいところは残しつつ、微妙なところを取り替えて、よりよくするのが私の仕事。

飾られている美術品の中には、残念ながら日焼けして退色してしまったものもあった。たっぷり日差しが入るカフェテラスのガラス棚に置かれていた、アンティークのティーカップなど。残念ながら倉庫行きになりそうだ。

せっかくの美術品も、ちゃんと保管しなければその輝きを失ってしまう。建築物もそうだ。それが大衆向けのホテルであっても、いい建物はその趣きを残しつつ受け継いでいきたい。

『やること多すぎでしょ』

あれもこれも気になり、どこから手をつけたらいいのか。さすがの松倉先輩も頭を抱えていた。

駅から電車を乗り継いで実家に着いた頃には、足がパンパンになっていた。

「ただいま〜。おばあちゃ〜ん」

ギャラリーの出入口から入った私は、お客さんがいないことを確認してから大きな声で挨拶した。

キャリーケースを引きずり、カフェスペースの椅子に座る。おばあちゃんはいつもカウンターの中でお客さんを待っている。けれど今日は姿が見えない。

そういえば、もう閉店時間を過ぎている。振り返ると、すっかり暗くなった外の景色が見えた。

「……どうしたのかな」

とにかく、私は表に出ている小さな立て看板をしまい、シャッターを閉めて中から鍵をかけた。

「おばあちゃん、二階？　出入口まだ開いてたよ」

店じまいをして、上の居住スペースで休んでいるのかな。それにしても出入口を閉め忘れるなんておかしい。

階段を上がり、おばあちゃんの部屋に向かう。ドアをノックして開けたけど、そこに彼女はいなかった。真っ暗な部屋から廊下の先に視線を移すと、二階の小さなキッチンの灯りが点いているのが見えた。

「なんだ、そこかあ」

きっと今、夕食を用意しているはずだ。そう思おうとするのに、包丁の音も、いつものおいしそうなにおいもしないことが、妙に私を不安にさせる。

不吉に高鳴る胸を押さえつつ、ドアを開けた。

「おばあちゃん？」

「……はあ～い」

キッチンカウンターの向こうから、か細い声がして、慌てて回り込む。すると、おばあちゃんはコンロの前で小さな椅子に座っていた。背をかがめていたから、すぐに見えなかったらしい。

「どうしたの。具合でも悪いの？」

駆け寄って背中を触ると、おばあちゃんは困ったように微笑む。

「そうじゃないのよ。今日は珍しく、たくさんお客さんが来てね。疲れちゃった」

「本当？」

土日でも、疲れて動けなくなるほどのお客さんが来たことは、このギャラリーが始まって以来、ない。疑いの目を向けると、おばあちゃんはいじけたようにむくれる。

「あら、ひどいわね。今日はおじいさんのファンの……なんて言ったかしら。おふかい？」

「オフ会？　SNSか何かで知り合ったファンの人たちかな」

「そうそう。今日初めて会う人たちが六人集まって、お茶会をしながらおじいさんの話をしたのよ。私も交ぜてもらったの。楽しかった。ポストカードをたくさん買ってくれたわ。絵も売れたの」

どうやら嘘は言っていないようだ。咄嗟にそこまでの作り話ができるほど、おばあちゃんは口が上手じゃない。

「そう。よかった」

「晩ご飯、今から作るからね」

「ううん、いいよ。出前でも取ろう。久しぶりに松野屋《まつのや》さんのおそばとかどう？　おじいちゃん、好きだったよね」

「うん、好きだった。おだしがおいしいものね。じゃあ今日は出前にしちゃおう」

おばあちゃんは「よっこらしょ」と言って立ち上がった。カウンターの外に出て、固定電話があるところまで歩く姿は、それほど危なっかしさを感じなくてほっとする。

「もしもし？　出前をお願いします」

電話をかけるおばあちゃんの声は、少し掠れているようだった。お客さんたちと話が盛り上がったのかな。

受話器を置いたおばあちゃんは、ダイニングテーブルの前の椅子に腰かける。

「今日はよかった……楽しい一日だったわ……」

眠そうな目をこする手が、一瞬、枯れ木に見えた気がしてドキリとした。

「おじいさんの作品を愛している人が、確かにいるんだってわかってね。このギャラリーをやっていてよかったって思った」

「そっかあ。じゃあその人たちのためにも、このギャラリーを残さなきゃね」

お茶を淹れようと、やかんに水を入れて火にかける。そのせいか、おばあちゃんからの返事が聞こえなかった。

「――ね」

「んー？　ごめん。もう一回言って、おばあちゃん」

「そのことだけどね、美羽」

テーブルの上で両腕を組み、こちらをじっと見つめるおばあちゃん。私はお湯が沸くまではいいかと、その向かいに座った。

「私、気が済んだわ。このギャラリーを畳むことにした」

「え……!?」

すっきりきっぱり、爽やかな顔でおばあちゃんは言った。私は耳を疑う。

だって今しがた、このギャラリーをやっていてよかったって言ったばかりなのに。

「おじいさんの絵は、方々の美術館に買ってもらいましょう。そうすればちゃんと保管してくれるはず」

「何言ってるの」

「ここに寄せ集めて隠しておくよりも、その方がたくさんの人に見てもらえる。絵はお金を稼ぐためのものじゃない。誰かに見てもらうためのものよ」

それはそうだ。そうだけど……。

戸惑う私に言い聞かせるように、おばあちゃんはゆっくりと話す。

「それに、私ももう年を取りすぎたわ。体力もなくなった。生きているうちに、おじいさんの作品をちゃんと保管してくれる人に譲らなきゃ。身辺整理を兼ねて」

「おばあちゃん、やめてよ。まだ元気じゃない。それに、おばあちゃんに何かあったとしたら、私が跡を継ぐから心配しなくていい」

作り笑顔を浮かべた顔が引きつる。おばあちゃんを安心させようとしても、自分自身が不安でうまくいかない。

「そういうわけにはいかないでしょ。あなたには仕事があるのに」

「いざというときは辞めるよ。おばあちゃんの介護も、ギャラリーも、私がやるから……」

「美羽も子供じゃないんだから、ひとりで何もかもできるわけがないことくらい、わかるでしょ。私は今から介護施設を探しておくから、そこに入ればいい。あなたは自由に、自分のやりたいことをやらなきゃダメ」

胸が軋《きし》んで、錆《さ》びたドアが開くような音をたてている気がした。やかんがシュウシュウと蒸気を噴き出す。立ち上がらないと、と思うのに体が動かない。

役立たずな私の代わりに、おばあちゃんが立ち上がり、ゆっくりと歩いていった。

背後で火を止め、湯呑を出して急須にお湯を淹れる音が、呑気に聞こえてくる。

どうして。どうして。どうしておばあちゃん、そんなに見事に吹っ切っちゃうの。

私は家族のためにこの家を残そうと努力していたのに……。

「おばあちゃんは美羽の負担になりたくないの」

「負担だなんて思ってない」

おばあちゃんは、私のたったひとつのよりどころなのに。いつまでも元気で、このギャラリーを切り盛りしてほしいのに。

泣きだしそうな私の前に湯呑を置き、おばあちゃんはまた元の席に戻る。

「ありがとう。美羽は優しいね」

子供をあやすような声に、うなずくことはできなかった。湯呑を包む手は冷えきっている。じんわりと湯呑から熱が伝わってきた。

「じゃあお互いに、もう少しよく考えてみようか」

おばあちゃんが話を打ち切ったとき、タイミングよくというか悪くというか、裏口の呼び鈴が鳴った。出前が来たんだろう。

「美羽、取ってきてくれる？」

「もちろん」

私は気まずくなったその場から逃げるようにして廊下に出た。

そばを受け取り、二階に運ぶ。ふたつのどんぶりを持って階段を上がるのは、若い私でも腕に負担を感じた。

おばあちゃんにとっては、日常の何気ない動きがどれだけの負担になっているのだろう。そう考えると切なくなった。

私は誰のために、必死になっていたんだろう。

じわりと涙が浮かんできて、一度考えるのをやめた。

「お待ちどおさま！　おいしそうだよ」

おばあちゃんの前にどんぶりを置いて、割り箸を差し出した。

熱いそばから立ち上る湯気が、目に染みた。

それはとてもシンプルな事実だった

「やる気がないなら東京に帰りな。あとは僕がやるから」

隣に座った松倉先輩に言われて、ハッと目を開ける。書類が載った目の前の机を見て、ここがクラシカルホテルの会議室だということを思い出した。正面に座ったホテルのスタッフが、苦々しい顔でこちらを見ている。

「す、すみません」

昨夜はせっかく実家に泊まったのに、なかなか眠れなかった。おばあちゃんのこととか、ギャラリーの行く末とか、いろいろ考えていたら目が冴《さ》えてしまったのだ。だからって、打ち合わせ中に居眠りするなんて最悪。嫌味を言われたって仕方ない。

ひたすら謝って、最後まで打ち合わせに参加した。改装の方向性について、お互いの意見を交換するためだ。

今まで別の会社の元で働いてきたホテルのスタッフたちは、このホテルを大幅に改装することには気が進まず、できるだけ現状維持で、設備的に古いところ――キッチンや浴場など――を直してほしいらしい。

一方、私と松倉先輩は、設備だけでなく見た目もよくする義務を負っているため、相手に納得してもらうプレゼンをしていかなければならない。

「見た目も大事ですが、スタッフの働きやすさも考えていただきたいですね」

予算には限りがあるため、相手の要望をすべて叶えるわけにはいかない。それに、このホテルの持ち主はうちの会社だ。本来なら、彼らが偉そうに意見する権利はないはず。

だけど、長年ここで働いてきたスタッフたちに残ってほしいという上層部の意向から、こちらも相手の意見を無視して強引に改装を推し進めることはできなかった。

「貴重なご意見、ありがとうございました。問題点は本社に持ち帰って、検討いたします」

午後四時、打ち合わせは終了した。

「今日のこと、本社に報告されても知らないからね」

松倉先輩は怒っていた。ラウンジでコーヒーをすすりながら、眉間に深いしわを寄せている。

「本当にすみません」

「だいたい自分から『仕事ください』って言っといて、居眠りはないだろ」

「その通りです」

注文したトニックウォーターにひとつも口をつけず、頭を下げ続ける。脳天に松倉先輩の大きなため息が直撃した。

「ふてぶてしい態度を取るなら、それにふさわしい仕事をしろよな」

「はい」

松倉先輩の言う通りだ。私、格好悪すぎ。あんなに強気で課長に直談判したのに、肝心の仕事で居眠りとか、ありえない。

「土日で気持ち入れ替えとけよ。じゃ、また東京で」

伝票を持ち、怒った松倉先輩はさっさとラウンジをあとにした。もちろん、私のトニックウォーターをおごる気はさらさらなく、経費で落とすつもりだろう。

失敗したなあ……。

ふがいない自分自身に、がっくりと肩を落とす。

最近いろいろなことがありすぎたとはいえ……ああ、もういいや。やってしまったことは仕方ない。松倉先輩の言う通り、土日で心を入れ替えて、月曜日からまた頑張ろう。

トニックウォーターをひと口飲み、ラウンジから退出する。カウンターで預けておいたキャリーケースを受け取り、重い足取りで外に出た。


タクシーで駅まで行って、そこからは電車で実家に帰る。のろのろとギャラリーの出入口を開けると、奥のカフェスペースからおばあちゃんが出てきた。

「おかえり」

昨夜は電池が切れたおもちゃみたいだったおばあちゃんが、笑顔で出迎えてくれる。それだけで、強張《こわば》った体がほぐれるようだった。


ギャラリーを閉めたあと、おばあちゃんが用意していた夕食をふたりで食べた。昨夜のそばもおいしかったけど、やっぱりおばあちゃんの手料理は最高だ。

私は昼間の失敗を打ち明けた。おばあちゃんはそれを聞いて静かにうなずいていた。お説教も同情も、そこにはなかった。ただ聞いてもらうだけで、心が軽くなる。

「これから東京に帰るね。例のこと、ゆっくり考えてくる」

広い湯船に浸かり、古いベッドでぐっすりと眠った翌朝、スーツを着た私を見て、おばあちゃんは微笑んだ。荷物が増えるからという理由で、あえて私服を持ってこなかった私は、やはり女子力が足りない。

「うん。また連絡ちょうだいね」

「ま、今まで通りギャラリーの存続を望むにしても、私が社長の認める絵を見つけられなかったら、どうしようもないんだけどね」

「ああ、そうだったわね」

手を振って、私たちは別れた。

ギャラリーから出たあとも、すんなりと東京に帰る気にはなれなかった。

私は実家のイングリッシュガーデンから見える海辺をあてもなく歩いていた。砂にパンプスのヒールが取られ、少しずつしか進まない。

暖かい潮風が独特のにおいを運んできた。まだ真夏には少し早い浜辺には、ほとんど人がいない。全身をウェットスーツに覆われたサーファーが、ぽつぽつと波に乗っているくらいだ。

広い海を見ていると、どうしてか役立たずな自分のことを考えてしまう。

土日はいつも、実家に帰ってきていた。どれだけ電車賃がかさもうとも気にならなかった。私は東京でいつもひとりだったから。外食することも着飾ることもほとんどしなくて済んでいた。

それを実家のためと思い込んでいたのは、私だけだったのかも。

疲れたおばあちゃんの姿を思い出すと、胸が痛くなる。

おばあちゃんの方こそ、親に捨てられ、絵の道を諦め、友達も少ないどうしようもない私のために、居場所を維持しなければと無理をしていたのかもしれない。

全部私の独りよがりだった。そう思うのは悲しすぎた。

砂の上で足が止まる。進むのか戻るのか、私自身にも私の道筋が見えない。

海を見ていても答えは出ない。わかっていても、寄せては返す波をぼんやりと見つめるしかできなかった。そのとき。

「おい」

肩を叩かれ、反射的に振り返る。そこにはなぜか西明寺社長が立って、私を見下ろしていた。

いつものスーツではなく、見たことのあるサマージャケットを羽織っている。足元は白いレザーシューズだった。

びっくりしすぎて、それ以上言葉が出てこない。こんなところで会えるとは、予想もしなかった。

「どうして」

「お前に会いに来た」

「私に？」

「クラシカルホテル視察のついでにな」

「ええっ」

社長も、クラシカルホテルを視察しに来ていたですって？

「まさか、同じ日程で？」

「偶然な。ホテルで見かけたが、仕事中だったようだから話しかけないでおいた。こちらもただの宿泊客を装っていたし」

なるほど。ただの客を装い、スタッフの接客態度や料理の味などを確かめに来たのか。社長という立場を隠した方が、普段の雰囲気を味わえそうだものね。

「朝になってからスタッフに身分を明かし、お前が宿泊しているか尋ねた。そうしたら、泊まっていなかった。なら実家にいると予測して横川さんを訪ねたんだが、お前はもう帰ったと言われた」

今までのいきさつを早口で説明する社長。

彼がいきなり現れて、おばあちゃんはびっくりしただろうな。

「どうして、こんなところでふらふらしている？　土日は横川ギャラリーの看板娘をやっているんじゃなかったか？」

冗談めかして言う社長に、思わず頬が緩む。私は誰か話し相手を求めていたのかもしれない。

「……わからなくなっちゃったんです。私がやっていることの意味が」

この人が私の前に現れてから、すべてが動きだした。私の世界が変わり始めた。そうでなかったら、私はおばあちゃんが倒れるまで、何も考えずに今までの生活を続けただろう。

「社長に白旗を揚げるときが来たのかもしれません」

足元にあった小枝を拾い、波の方へ向かって投げる。波に届かずに砂の上に落ちたそれは、力なくそこに倒れているだけだった。

「どうした。急に弱気になったな」

社長が戸惑ったように眉間にしわを寄せる。

「ちょっと冷静になればわかることでした。あのギャラリーの存続は難しいって」

おばあちゃんの口から言われるまで、気づかないふりをしていた。気づきたくなかったから。

「おばあちゃんも、もう高齢です。父は行方不明で頼りにならない。今の私が、利益がほとんど出ないギャラリーを経営していくことは、不可能です」

口にすればするほど、頭は冷静に現実を処理していく。けれど心には、ぽっかりと穴があいたような寂寥感《せきりょうかん》が残った。

「……長い話になりそうだ」

社長は私が言ったことには答えなかった。代わりに、私の手を握る。

ドキリとした私の髪を強い風がさらう。社長の大きな手が、顔に覆いかぶさる髪をよけ、頬を包む。

「続きは車の中で話そう」

「車の……」

「どうせ東京に戻るんだろう」

社長は自家用車でこっちに来ているらしい。ここから東京に戻るには、結構な距離がある。長い話をするにはうってつけだろう。

頬から手が離れた。しかし握った手は離さず、社長は歩きだす。

私は抵抗することなく彼についていった。これ以上、ひとりで歩けるような気がしなかったから。

西明寺社長の車に乗って約三時間後、私たちは無事に東京に帰り着いた。

『続きは車の中で話そう』と言ったわりに車中での会話はほとんどなく、途中で休憩のために寄ったサービスエリアで、おでん定食を食べるときに昔の画家の話をしただけだった。

名物の静岡おでんは、社長にまったく似合わなくて、『社長も庶民の食べ物を召し上がるんですね』と言うと、彼は『当たり前だろう』と憮然《ぶぜん》とした表情で返してきた。

そういえば、こんな濃い見た目で、クロワッサンより塩昆布のおにぎりが好みだものね。意外に渋い食べ物が好きなのかも。

美しい箸遣いの社長を見つつ、アツアツのおでんを頬張り、ふと思った。

はたから見たら、私たちはどう見えるんだろう。

高級スーツを脱いでいても、芸能人のような顔立ちの社長はなんとなく目立っているような気がする。その前に座る、出張用スーツの私。

カップルには……ちょっと見えないかな。

私は気を取り直して、おでんに向き直った。食欲はさほどなかったけど、胃が温まるたびに心が軽くなっていった。

そして今、にぎやかな東京の街並みが見えてきて、社長が口を開く。

「今から、静かに話ができるところへ行く」

「それって、どこですか？」

西明寺社長は、秘密が好きらしい。私の質問に答える様子はなく、薄く微笑んだだけだった。

さらに三十分後。

「ええ……っ」

おとなしく助手席に乗ってきた私は絶句した。目の前には、四十階くらいはありそうなタワーマンション。真下から見上げると頂上が見えない。

車を地下の駐車場に停め、セキュリティを解除してエレベーターホールへ。

「あのう、ここって……」

エレベーターに乗り込み、社長がカードケースをモニターにかざす。すると機械的な声で『四十階へ参ります』とアナウンスが流れた。どうやら住人が該当する階にしか行けないようになっているらしい。

宅配の人はどうするのかしらん。管理人さんに許可をもらって貸し出し用のキーで入るとか?

関係ないことを考え、狭いふたりきりの空間で息が苦しくなってきた頃、無機質な音と共にエレベーターのドアが開いた。

「こっち」

慣れた足取りで廊下を歩いていく社長の後ろをついていく。

もしや、もしやこれって……。

社長が開けたドアの中に入って、頭がクラクラした。

清潔な玄関ホール。その中に続く、広々としたリビングの天井は吹き抜けており、マンションなのに階段まで見えた。

「これがいわゆるペントハウス……」

ということは、ここがマンションの最上階だ。

「どうした、入らないのか」

不思議そうに玄関で立ちつくす私を振り向く社長。だって、これって。

「もしや……ここは社長のお宅でしょうか」

「そりゃそうだろ」

やっぱり。エントランス、エレベーターホール、さらにエレベーターのセキュリティを難なくクリアしてきたんだもの。住人に決まっている。

なんの疑いもなくついてきてしまったけど、まさか突然、社長の自宅に連れ込まれるとは。

以前、ホテルの一室で半ば無理やりキスされたことを思い出し、気まずくなる。

「心配するな。お前の嫌がることはしないよ」

あくまで紳士的に振る舞う社長。私はその言葉を信じ、ゆっくりと足を踏み出した。

「何か飲むか」

「い、いえ。お構いなく……」

広い玄関から通されたリビング。そこからはキッチンが見えない。食事を作って食べる場所は他にあるのだろう。その代わり、眼前にガラス張りの窓と特大バルコニーが見えた。その向こうには青い空と、首都東京のビル群が。

壁には近代の作家のものと思われる、色鮮やかな抽象画が二枚飾られている。

「真夏はヤバい暑さでしょうね」

呟《つぶや》いた私に、出張用の荷物を置いた社長が振り返る。

「何か言ったか？」

「いえ、別に」

日当たり良好すぎて、そんなことを思う庶民の自分が悲しい。

「こんな広いところに、ひとり暮らしかあ……」

明らかにひとりでは使いきれないほど大きなソファ。それは雑誌で見たことのある高級ブランドのものだった。確かウン百万円だったか。座ることさえ躊躇われる。

手持ち無沙汰にウロウロしている私に、社長が近づいてくる。その手が顔の近くに来て、思わず体を強張らせた。

また強引にキスされるのでは、などという心配は無用だった。彼の手は私の肩を優しく叩く。

「来い。いいものを見せてやろう」

久しぶりに聞いた悪役っぽいセリフ。私は彼について廊下へ。

やたら長い廊下の左右には、いくつもドアがついていた。セレブのマンションって、ゲストを泊められるようにお風呂やトイレ、寝室が各二部屋くらいあるってテレビで見たことがある。

すべてのドアを開けてみたかったけど、好奇心を抑えて、案内されるまま一番奥の部屋へ。

西明寺社長がもったいぶってドアを開ける。するとその部屋にあったのは……。

「あーっ！」

一驚した私は、思わず壁を指差して叫んでしまった。広い部屋の突き当たりの壁に、一枚の額装された絵がかけられている。それは、紛れもなく下山ギャラリーで見たお父さんの絵だった。市場の方だ。

「もう一枚はこっち」

右手に見えますのは〜、とバスガイドさんのように手で合図する社長に導かれ、右の壁を見る。その広い壁には四枚の油絵がかけられている。その中に、もう一枚のお父さんの絵があった。

「あああ……」

「おい。唾飛ばすなよ」

壁に駆け寄った私の肩を、社長が掴んだ。我に返った私は、絵を汚さないように口元を押さえて、お父さんの絵を見上げる。

いったいどこの誰が二枚も即決して買ったのかと思っていたら、それが社長だったなんて。

「もう見られないかもと思っていました」

感激でじわりと涙が浮かぶ。絵に見入る私の後ろから、社長が語りかけてくる。

「これで元気が出るだろう」

「え……」

「簡単に白旗を揚げるなよ。せっかく楽しくなってきたのに、もう終わりか」

振り返ると、社長は腕組みをしてこちらを偉そうに見下ろしていた。

もしかして、私が元気をなくしているのを見て、励まそうとしたのかな。

「簡単じゃありません。私だって社長くらいの力量があれば、実家のギャラリーをなんとかして存続させていきたいとは思っていますけど……」

「なら、まだ諦めるな。つまらなくなるだろ」

いや、社長を楽しませるために頑張っているわけじゃない……。

抗弁しようとした私の頭をくしゃくしゃと撫で、社長はドアの方へ歩く。

「この絵は見たいときにいつでも見に来ればいい」

「本当ですか？」

「ああ。今度はこちらに来い」

まるで小さな画廊のような一室をあとにして、社長についていった先にあったのは、もともとウォークインクローゼットだったと思われる、縦に細長い空間だった。

左右の壁に括りつけられた棚に、ずらりと何かが並んでいる。それは、布で包まれた絵画だった。

油絵の具やニスの独特のにおいが充満している。私にとってはカフェよりも心地いい空気を、肺が満たされるまで深く吸い込んだ。

「こっちは油彩。あっちはリトグラフや版画」

「すごい。気分によって、他の部屋の絵をかけ替えたりするわけですね。贅沢《ぜいたく》だわ」

社長のコレクションだけで、小さな美術館ができそう。おじいちゃんの絵しか置いていないうちのギャラリーより点数は多そうだ。

絵につけられた札を見ると、なかなか市場に出回らない画家の作品もあった。この絵をすべてオークションに出品したら、とんでもない金額になることだろう。

「しかし、これだけあってもあのホテルに合う絵が見当たらない。お前の言う通り、人はそのときの気分によって見る絵を替えたいものだ。誰にでも受け入れられなければ困るが、つまらない絵は置きたくない」

顎に手を当てて考える社長。

そうだ、ここにある絵は社長のおメガネにかなわなかったものたちだ。作品名を控えていかなきゃ。

私の思惑を見透かしたように、社長はさっと棚の隅からノートを取り出した。

「いちいち撮影していたんじゃ、日が暮れるから」

携帯を持っていたのを見られたか。確かに、一枚ずつ布を取って確認せずとも、札を撮影するだけで真夜中になりそう。

「線が引いてあるのは、他人に譲ったり、不要になって売ったりしたものだな」

ノートには社長の字で、作品名と作家名が書いてあった。ぱらぱらとそれを見て感心する。購入した日付から手放した日付まで書かれている。意外にマメらしい。

「お借りしていっていいですか？」

「ああ。ここにある絵はしばらく動かす予定はないから」

ノートを抱いて、宝庫……じゃなかった、クローゼットから出る。

「いいですね、社長のお宅。羨ましいです」

こんなふうに高価な美術品を集められるとは。私もいつかは、好きなものだけに囲まれて暮らしたい。

「気に入ったなら、今日から住めばいい」

「へっ⁉」

「上にまだ部屋があるから。それより先に、今度はこっちだ」

リビングに戻ったと思ったら、なんとまだ反対側に部屋があるらしい。高級ソファを素通りし、別のドアを開ける。

「えっ？」

日当たりのいいその部屋の真ん中にあったのは、イーゼルとキャンバスだった。その前には小さなスツール。奥の棚には油絵の具や、それを溶かすための油などが収納されている。明らかに、誰かが絵を描くための場所だ。

「まさか、社長が……」

「まさかとはなんだ。俺が描いてはいけないのか？」

「いえ、そんなことは」

確かに意外でしたけど。

「漫画が好きなやつも、小説が好きなやつも、音楽が好きなやつも、好きすぎると自分でもできるかもと思って自作し始めるだろ」

「ああ、いましたね。中学生くらいのときから、携帯小説を書いてる子とか、親にギター買ってもらってバンド始める子とか……」

「そういうのだよ。好きだから描いてみようと思った。プロを目指す気は初めからなかったけど」

社長は棚からスケッチブックを取り出した。ぱらぱらとめくるそれを覗き込むと、窓から眺められる風景のスケッチが見えた。どれもプロの領域とは言えないけれど、素人《しろうと》の趣味にしては見事なでき栄えだった。

って、ちょっと偉そうかな。

風景のスケッチの次に、フルーツなどの静物や植物。どれも質感をうまく表現している。

しかしその次に出てきたものに、思わず声を上げてしまった。

「あっ！」

「ん？」

それは、裸の女の人だった。ベッドの上でさまざまなポーズを取っている。

たっぷりとボリュームのある丸い乳房。できものひとつない、なめらかな背中。そしてその顔は、先日美術館でばったり会ったときの女性のものだった。

「ああ、これな。うまく描けているだろ」

「……ソウデスネ」

こんなに美人なら、描きがいがあるでしょうね。何よ、彼女じゃないって言っておいて。やっぱりそういう仲なんじゃない。

「何をいきなり能面みたいな顔になっているんだ」

「別に」

「おい。もしや、やきもちか？」

社長は嬉しそうに、私の頬を両側につまんで伸ばす。

「バカ。あれはモデルだよ。謝礼を払って、絵のモデルになってもらったんだ」

手を離した社長は声を出して笑った。

彼が言うには、美大に進んでデザイン系の仕事をしている友人のつてで、ヌードモデルを紹介してもらったらしい。

「美術館にいたのは……」

「彼女と友人になったからだよ。友人と美術展に行って何が悪い？」

別に悪くない。男女の友情が成立するかしないかという議論をする気もない。ただ私がモヤモヤしているだけ。

「心配しなくても、彼女とは何もない。彼女の方の気持ちは知らないけど」

「心配なんて……」

それじゃ私が社長のことを好いているみたいじゃない。そんなバカな。

違う違う、と強く己に言い聞かせる。自分のつま先を睨んでいると、目の前に鉛筆が差し出された。

「ほら」

「はい？」

思わず受け取る。顔を上げると、社長がイーゼルの上の真っ白なキャンバスをどかして、スケッチブックをそこに載せていた。

「悩んだときは、描けばいい」

彼は私の手を引き、スケッチブックの前に座らせる。

「無心で手を動かしていると、意外に心がすっきりするものだ。……って、言われなくても元美大生のお前はわかっているだろうけどな」

大きな手が、私の両肩に優しく載る。こうして白紙のスケッチブックに向かうのは、いつぶりだろう。

思春期にも、いろいろと悩んだときには無心で絵を描いたものだ。描いている間は、嫌なことを忘れられた。描き終えると、なんとなく気持ちが整理できていたり、落ち着いたりしたものだ。

「でも、何を描けば……」

昔は白紙に向かうだけで、次から次へと描きたいものが浮かんできていた。でも今は、はっきり言って何も浮かばない。

「ここに、こんなにいいモデルがいるじゃないか」

部屋の隅に置いてあった椅子を正面に持ってきて、背もたれに腕を預けるようにして座る社長。

「社長をモデルに？」

確かに、絵に描きやすそうな整った顔をしているけど。

学生時代に、ミケランジェロの石膏像《せっこうぞう》をデッサンしたときのことを思い出す。

「なんなら、脱ごうか」

「いいいいいえ、結構です！　そのままで！」

自らの服に手をかける社長を、必死で止めた。

学生時代は、男性モデルの裸を見てもなんとも思わなかったけど、社長とふたりきりなのに脱がれたらさすがに照れる。こっちが恥ずかしくて集中できない。

社長は、ニッと笑って椅子に座り直した。背もたれの上で組んだ腕に顎を預けて、小首を傾げる姿は、まるで男性アイドル雑誌のグラビアだ。

私は息を整え、ちょうどよく削られた鉛筆を持ち、まっすぐ前に出す。片目を閉じ、社長の方を見た。

スケッチブックに大体の輪郭を描く。ここに時間はかけない。顔を楕円《だえん》で描き、中心に線を入れる。目や鼻などパーツの位置を決める。

いざ描き始めると、不思議なくらいスムーズに手が動いた。小気味のいい音をたてて滑る鉛筆の先が、丸くなっていく。

挑戦的な瞳。人をバカにしたように笑う悪役の唇。

その下にある素顔を、私はまだ見ていないのか。あるいは、この意地悪な顔が、この人の素顔なのか。

途中で考えるのはやめた。ただそこにいるひとりの男性を、スケッチブックに写し取ることに集中した。そしてそれは、難しいことではなかった。

「はい。できました」

ふう、と息をついて時計を見る。描き始めてから、ちょうど三十分が経ったところだった。

「早いな」

置いた鉛筆の表面が、汗でしっとりと湿っていた。立ち上がらずにスケッチブックを見ていた私のそばに、社長が近づく。

ずっと同じ姿勢を取るのはつらいものだ。しかし社長は体が痛そうな表情を見せなかった。普段から鍛えているのかもしれない。

「ふうん、やはりうまいな。横川の遺伝子のおかげか」

「それ、褒めてます?」

自分で自分の絵を見て思う。何かが足りない。どこかを直せば、もっとよくなる。もっと、もっと。

そんなふうに思うのは久しぶりだった。もっといいものにしたい。今までの仕事では味わえなかった感覚。

「褒めているよ。うん、美男だ。お前には俺がこう見えているってことだな」

スケッチブックを持ち上げ、社長が満足そうに眺める。

「顔は素晴らしい造形をしていますものね、社長。か・お・は」

「なんだと。お前はいちいち可愛くないな。よし」

社長はスケッチブックのページを一枚めくった。

「今度は俺がお前を描いてやる」

「うえっ。お断りします。どうせピカソの『泣く女』みたいにする気でしょう」

「ピカソをバカにするな。心配しなくても、俺はキュビズムよりも写実派だ。よかったな」

全然よくない。社長の腕前はさっき見た通り。これでできた上がりがブスだったら、へこむ。それに実家から帰るだけだと思っていたから、メイクもそれほどしていないし、そろそろ崩れてくる時間だし。

帰る口実を探していて、ふと気づくと社長が目の前まで接近していた。

「まず絵に描く前に、実物をしっかり確かめておかないとな」

彼はそう言い、私の頬を隠していた髪を大きな手で耳にかける。耳朶に触れた指先に、びくりと反応してしまった。

「丸い頬、丸い目」

ひとつひとつのパーツを確認していくように、指先が顔の上を滑っていく。いつの間にか、社長に両頬を包み込まれていた。

「ふっくらとした唇」

社長の右手の親指が、下唇をなぞる。腰の辺りに電流が走ったような気がして、小さく震えた。

逆に私の方が彼の顔を凝視してしまう。男性のくせに、やけに綺麗な唇。

近づいてくるのがわかるのに、不思議な引力で吸い寄せられているかのように、離れられない。

「お前は綺麗だよ、美羽」

彼の息を間近に感じ、そっとまぶたを閉じた。

柔らかいものが唇に触れると、高揚しながらもどこかでほんの少し、ほっとしている自分に気づく。

体の力を抜くと、社長は私の後頭部を逃がすまいと押さえ、片手を背中に回して、きつく抱きしめた。

ああ、私はこの人にキスされたかったのかもしれない。

認めたら後戻りできなくなる気がして、警戒していた。けれど本当は、いつも彼に抱きしめてほしかった。自分の存在を認めてほしかった。

夢を諦め、仕事にも自信がなくて、毎週東京から田舎の実家に帰っていた私。実家のギャラリーをなくしたくなかったのは、何も誇れることのない自分の居場所を失いたくなかったから。

そして……いつの間にか私は、社長に惹《ひ》かれていた。

気づいて認識すると、それはとてもシンプルな事実だった。

最初は本当に悪魔だと思ったし、大嫌いだった。でも彼は、ごく自然に私の心に入り込んできた。

絵のことを考える私の顔を好きだと言った。彼は私に新しい世界を見せてくれた。彼がいるだけで、つまらなかった日常がカラフルに彩られた。

私が泣いたときには、そっと抱きしめてくれた。かと思えば、強引に唇を奪われたりした。翻弄されるうち、私の方が彼の姿を社内で探してしまうようになっていた。

長いキスのあと、唇を離した彼が囁く。

「どうした。今日は素直だな」

私の耳や首の形を確かめるように、彼の指が踊る。悪魔のような魅力的な瞳に、ぞくぞくする。立っていられなくなりそうだ。

「楽になりたいんです」

実家のギャラリーを手放せば、寂しいけれどおばあちゃんも私も自由になれる。そして社長が敵でなくなれば、もっと素直になれる。

おじいちゃんには申し訳ないけど、私はもっと、幸せになりたい。彼に愛される存在になりたい。

瞳にかかっていたフィルターが、ひとつ剥がれ落ちたような気がした。ぽろりとひと粒だけ、涙が落ちた。

「……楽になればいい。今日は何も考えるな」

小さなキスをひとつ落とすと、社長が私を横抱きにする。

「お前がどんな造形をしているか、じっくり見せてもらうから」

彼の言葉が耳朶をなぞる。私たちは寄り添い、アトリエから寝室へと移動した。

今まで私たちを隔てていた、何かを飛び越えて。

もう頑張ることに疲れました

ゆっくりと目を開ける。赤い緞帳《どんちょう》が上がるように、徐々に視界が広がった。

「っぽ⁉」

なかなか人間から出ないであろう音が口から出てしまった。目の前でくっきりした顔立ちのイケメンがこちらを見つめていたから。口元には薄く微笑みが浮かんでいる。

「しゃ、しゃちょ……」

思い出した！　私、社長と……。

全身が熱くなる。ベッドの上でぐるりと回転して彼に背を向けた。シーツの感触が素肌に伝わってくる。

「おい、こっち向け」

トントン、と裸の肩を叩かれる。

無理。恥ずかしすぎる。顔を合わせられない。

聞こえないふりをしてアルマジロのように固まっていると、突然腰の辺りから腕をズボッと差し込まれた。

抵抗する間もなく、後ろからぎゅっと抱きしめられる。

「覚えてないとは言わせない。酒は入ってなかったからな」

耳元に吐息がかかり、ぞくぞくと背中を震わせる。

「覚えています。だからそっちを向けないんです」

やっとのことでそう返すと、社長が背後でくすりと笑った。

「そうか。なあ、腹減らないか。昨夜は何も食べていないだろ」

その言葉で、顔が燃え上がりそうなほど熱くなった。

そう。彼とベッドに入ったのはまだ昼過ぎだった。それから……ええと、そういうことになってしまい、気づいたら朝。最初なのに何度も求めてきた社長にもびっくりだけど、それに抵抗もしなかった自分にはもっとびっくりだ。

「あ、あのう、一応弁解してもいいですか」

「ん？」

背中を向けたまま発言すると、彼は私の首に顔を寄せる。髪にくすぐられ、余計に恥ずかしくなる。

「私、いつもこういうことをしているわけじゃないんです」

「こういうことって？」

「あの、その……付き合ってもいない人とこういうことをしたのは、初めてなんです」

間違っても、誰とでも寝る女だとは思われたくない。了承してしまったのは、相手があなただから。

社長がくすりと笑う息の音が聞こえた。

「言われなくてもわかる。だいぶ不慣れな体だったから」

「なっ」

そう言われれば、最初はガチガチに緊張していたっけ。

「すみません……」

もしかしたら、社長は面倒くさいだけで気持ちよくなかったのかも。

掠れた声で謝ると、彼はぐいっと腕に力を入れ、私を無理やり反転させた。

「謝るな。他の男の影響を受けていないことは、むしろ喜ばしいことだ。開発していく楽しみがある」

甘く囁かれて額に口づけられる。私の心臓は暴発寸前だった。

「いいか。お前はもう俺のものだ。今後、他の男とこういうことになってはいけない。わかるな?」

「へ……」

「お前は俺の専属ってこと」

それはつまり、私が社長の彼女の座に就いてしまったということだろうか。

現実離れしすぎていて、にわかに信じがたい。ひと晩限りの夢だと言われた方が、傷つきはするけれど、あっさり信じられるような気がする。

「返事は？」

「は、はい」

「よし」

うっかりうなずくと、社長はニッと口の端を吊《つ》り上がらせた。

「さて、ここからは色気のない相談になる。お前の実家のギャラリー、どうするか、まだ結論は出ていないんだよな？」

「え、ええ」

弱気な発言もしたけど、心のどこかにはやっぱり、おじいちゃんのギャラリーをなくしたくない気持ちが残っている。

「とにかく、例の絵を探してこい。すべてはそれからだ」

社長は私の頭をぐしゃぐしゃと乱暴に撫でる。

ギャラリーを存続させるにしても、諦めるにしても、一度は乗りかけた船だ。途中で放り出すのは、こっちとしてもすっきりしない。

社長はきっと、私とこういう関係になってしまったとしても、仕事に妥協はしないだろう。適当な絵でＯＫを出すとは思えない。今までと条件は変わらない。

「わかりました」

実家をどうするにしても、全力で絵を探す。今の私にはそれしかできない。

迷いを振り切るように首を縦に振ると、ふっと微笑んだ社長が私を愛おしそうに見つめる。その視線に絡められて動けなくなると、触れるだけのキスをされた。

「よし。じゃあ飯にしよう」

「きゃあっ！」

明るい部屋で社長が裸のままベッドから起き上がる。私はそれを正視できず、両手で顔を覆った。

「なんだよ」

「だって、社長が、社長が……」

「はあ……」

ため息が聞こえたかと思うと、両手を掴まれた。強引に顔をさらけ出される。

「あのなあ、この期《ご》に及んで社長って呼び方はどうかと思うんだが」

裸の社長が目の前で私を睨んでいる～！

意外に厚い胸板や、薄く割れた腹筋が視界に入っただけでクラクラした。

「名前で呼べ。じゃないと離してやらない」

「嘘！」

いきなりハードル高すぎだよ！　ろくに恋愛経験もないのに、いきなり社長を名前で呼べ、だなんて。

でもこの悪役社長は、私が名前を言うまで絶対に離してくれないだろう。こっちも裸だし、それは嫌。

「さ、さいみょうじ、すばる……さん」

私の頭の中にあるのは、初対面のときに差し出された名刺だった。

「フルネームで呼ぶな、横川美羽」

「社長だって～」

「また社長って言ったな。お仕置きするしかない」

社長は手を離すと、思いきり私の素肌をくすぐり始めた。主に脇腹を中心に。

「ひゃあああはは！　わかりました、わかりましたよう！」

「よし、許してやろう」

社長は悪代官みたいな悪い笑い方をしながら、着替えて部屋を出ていった。

昴さん、か……。呼べるかな……。

それにしても、大胆なことしちゃった。私これから、いったいどうなるんだろう。

もう一度布団をかぶって寝ようかと思った。けれど、一度覚醒してしまった脳は、なかなか休まらなかった。


日曜日は夜まで社長、もとい昴さんの家で過ごした。彼は私が描いたスケッチをお気に召して、空いていた額に入れて自宅のアトリエに飾った。

「冗談じゃなく、お前が自分で描けばいいのに」

自分が描かれた絵を、これほど満足そうに見つめる人が他にいるだろうか……。

そう思うくらい、社長は私の絵を褒めちぎった。

「時間がありませんよ」

仮に本当に自分で描くとしても、時間がなさすぎる。

昴さんはやっとスケッチから視線を外し、こちらを見た。

「そうだな。お前の絵も俺の専属にしよう。俺だけが見られる絵というのも悪くない」

「あはは。大げさですよ」

こんなスケッチくらいで。そもそも私の絵は評価されず、そのせいでプロへの道を諦めたレベルなのに。

だけど、昴さんに気に入ってもらえたのは素直に嬉しかった。

「じゃあ、そろそろ出るか。送っていく」

昴さんが椅子にかけてあった上着を取る。私はうなずき、そのあとをついていった。

一歩ずつ、彼の部屋が遠くなる。車に乗ってマンションの敷地から出た途端、寂寥感が胸に迫った。

「明日から、ちゃんと仕事もしろよ」

「はい」

「あと、ひとつ頼みがある」

頼み？　私に？

助手席から運転席を見ると、昴さんが正面を向いたまま言う。

「おにぎりを握ってきてくれないか」

「おにぎりですか？」

そういえば二回ほど、昴さんにおにぎりをあげたっけ。全然ＳＮＳ映えしない塩昆布の渋いおにぎりを。

どうしてそんなにおにぎりを欲しがるんだろう。あ、もしかしてあれかな。昭和のドラマで有名になった、白いタンクトップで坊主頭のおじさんが放浪するやつの影響かな。

おじさんは、実はちぎり絵で有名な山下《やました》清《きよし》なんだけど、素性を隠して旅をするんだよね。そして行く先々で優しそうな人におにぎりをねだるシーンがお約束。

「山下清を目指しているのですか？」

「は？　どうして俺が今からちぎり絵師にならないといけない。ただ食べたいからに決まっているだろう」

赤信号で車を停止させた昴さんが、苦々しい顔でこちらを睨む。

「米代が惜しいなら、出してやる」

「いやいや。別にブランド米とか指定がなければ、お金はいりませんよ」

最高級コシヒカリしか食べないとか言われると困るけど。

「お前の手で握ってくれれば、米の銘柄は問わない」

どうしても私におにぎりを作ってほしそうだ。それくらい昴さんでも簡単にできそうなのに。って、毎朝そんなに暇じゃないか。

「わかりました。それほどおにぎりが好きだったんですね」

「……うん。好きだな。好きだって気づいたのは、お前に屋上でもらってからだったけど」

信号が青に変わり、昴さんは正面を向いて話す。

「母親も家政婦も、作らなかったんだよ。見た目にこだわる人たちだったから、運動会でも遠足でも、スタンダードなおにぎりを見たことがない」

「代わりに何が入っていたんですか？」

「色とりどりのサンドイッチ、ベーグルサンド、クロワッサンサンド。米ならいなり寿司、巻き寿司……」

「もういいです。ありがとう」

筋金入りのおぼっちゃんかよ。私はおばあちゃんのおにぎりで育ったわ。一番食べやすくて腹持ちがいいし。

ふと以前、秘書さんが昴さんに買ってきたお弁当を思い出す。オシャレなパンとサラダだった。彼はそういうものを食べ飽きているのだろう。

「お前といると、新しい発見があっていい」

それって、単に生活レベルが違うから物珍しいだけじゃあ……。

ツッコもうかと思ったけど、やめておいた。運転席の昴さんの顔が、とても楽しそうだったから。

翌朝。自分のものよりひと回り大きなおにぎりをふたつ握ったら、これだけじゃ足りないような気がしてきた。少しだけど卵焼きとかウインナー、茹でたブロッコリーも詰めた。

いつもの通勤バッグに、大きめのトートバッグを持って家を出る。荷物は重くなったけど、なぜだか心は軽かった。いつもは苦痛でしかない早起きも苦にならなかった。

「これが恋の力か……」

通勤電車は相変わらずきつかったけど、会社のビルが見えてきたときに感じる憂鬱は鳴りをひそめていた。

もうすぐ本格的な夏に差しかかる空は例年より青く、雲はより白く見えた。

少しだけ素直になって一歩踏み出したことで、私を取り囲む世界がクリアになったみたい。ところどころ剥がれ落ちていた壁画が修復されていくように、私のつまらない世界が塗り替えられていく。

自分の変化を感じている間にオフィスに到着。さあ、仕事仕事。

「あ、来てる」

私のすぐあとに出勤してきた松倉先輩が、こっちを見下ろして、ぼそっと言った。

少し意外そうな顔をしている。

居眠りの件で私がへこみ、出勤してこないとでも思っていたのだろうか。甘く見ていたな。そんなの、すっかり忘却の彼方《かなた》だったぜ。

「おはようございます。今日もよろしくお願いします」

きりっと爽やかに挨拶をすると、松倉先輩は呆れたような顔でこちらを見つめ返す。

「じゃあ、朝礼が終わったらあっちで打ち合わせな。今日は寝ないでね」

「はい！」

私はもう昨日までの私じゃないの。生まれ変わったのよ。

誰かが自分の存在を認めてくれているだけで、勇気が湧く。自信が持てる。

星の数ほどいる女性の中から、昴さんが私を選んでくれたんだもの。

やる気満々の私を気味悪そうに見て、松倉先輩はデスクにバッグを置きに行った。

午前中はクラシカルホテルの内装について、どこから始めるか、どこの業者に依頼するかなど話し合っていたら、あっという間に時間が過ぎてしまった。

十二時になると、松倉先輩の方から昼休憩を取ろうと言われたので、従うことに。

もちろん、一緒に休憩しようとは思わない。

「横川さん、いいですよね……松倉さんとペアで……」

会議室を出た途端、近くを通りかかった契約社員の女の子が、恨めしげな目で睨んでくる。

この子、松倉先輩を好いているのかな？

「この前は一緒に出張に行って……さぞ仲良くなったんでしょうね……」

ぶつぶつ念仏を唱えるように詰め寄ってくる契約社員さん。

「いや。むしろ叱られて、心の距離は日本とパリくらい開いているけど」

仕事だから一緒にやっているだけで。見た目が小綺麗でも、あんなチャラ男、私は嫌いだな。

「本当ですか？」

「うん。それに私、彼氏いるし」

ちょっとからかうつもりで言ってみた。昴さんを目の前にしたら、きっと〝彼氏〟なんて甘酸っぱい単語は口に出せなかっただろう。

「ええっ⁉」

大きな声で驚かれて、周囲の視線がこっちに集まる。けれどそれは一瞬で、すぐにそれぞれ休憩を取るために散らばっていった。

「驚きすぎじゃない？　まあいいや。じゃあね」

私ってそれほど彼氏がいないように見えるかしら。ちょっとショックかも。

適当にその場を離れ、デスクに戻って携帯を見る。

おにぎりを作ってきたのはいいけど、受け渡し方法まで決めていなかった。あっちはあっちで、外出したり、来客があったりするだろう。決まった時間に休憩を取れるわけではなさそうだけど、どうかな……。

「ん？　何これ？」

ロックを解除すると、不在着信を告げるマークが画面の左上に表示されていた。着信履歴を開くと、登録されていない番号から電話がかかってきていたことがわかる。しかも見たことのない市外局番。携帯でもなさそうだし、東京でもなさそう。実家の電話番号とも違う。留守電メッセージは残っていない。いったい誰？

「無視しとくか……」

かけ直したら変な業者に繋がるとか、よく聞くものね。よほど重要な用事なら、またかけてきて留守電を入れるでしょう。

メッセージアプリを開き、つい最近教えてもらった昴さんのアカウント宛にメッセージを打ち込む。

【おにぎり持ってきたけど、どうしますか】

やや間があってから返信が。

【悪いが外に出られない。社長室まで来てくれるか】

ひええ。社長室に直接来いってか。

【でも一般の社員じゃ、そこまで行けません】

重役がいる最上階には、エレベーターホールの前に分厚いガラスのドアがあるという噂《うわさ》だ。その中に入るには、重役と秘書だけが持つＩＣカードが必要。一般社員や掃除などの業者が入るには、まず庶務課で許可を得て貸し出し用カードを借りてこないといけない。

【エレベーターの前まで行く。すぐに来い】

すぐにって……強引だなあ。まあ、忙しいのもあるんだろうけどさ。

私はトートバッグを持ち、小走りでエレベーターホールに向かう。幸い、エレベーターはすぐに到着した。

最上階のボタンを押し、階数表示をじっと見つめる。いつもなら開放されている屋上まで行く。今回、重役の階で降りるのは初めてで、少し緊張した。

エレベーターが到着する。降りるのは私ひとりだった。ガラス戸の向こうに昴さんがいる。今日も隙のないスーツの着こなし。

昴さんは私に気づくと、ICカードで中からロックを解除した。

「はい、どうぞ」

私がバッグごと差し出すと、昴さんはうなずいて受け取った。嬉しそうに頬が緩んでいる。

「ありがとう。バッグは……そうだな、食堂のおばちゃんに預けておく」

暇だったら帰りにどこかで落ち合って直接返せばいい。そうしないのは、仕事で忙しいからだろう。

「わかりました」

こくりとうなずく。秘書さんたちに見られない方がいい。私はほんのわずかに手を振り、エレベーターに乗り込んだ。昴さんは微笑みで返した。

朝起きてお弁当を作り、出勤したら真面目に仕事をし、昼に昴さんにお弁当を届け、夕方までまた真面目に仕事。家に帰ったら例の絵のことを考えるという日々が続いた。

「……こんなもんか……」

金曜日の朝、おにぎりを作りながらぼそりと呟いた。

出会った直後はやたらと仕事帰りに誘ってきた昴さんが、男女の関係になって以来、さっぱり現れない。

【弁当うまかった】とか【おやすみ】とか短いメッセージは来るのだけど、仕事が終わってから会いたいと言われないのは、やはり寂しい。

釣った魚にエサをやらないとか、そういうことなの？

「きっと忙しいのよね。なんといっても社長だもん」

不愉快な想像を打ち消すために、わざと声を張ってみた。

そうよ、彼は一般社員じゃないんだもん。私が知らないだけで、結構いろいろと忙しいのよ、彼も。なんたってあの会員制ホテルのオープンが差し迫っているんだし。

必死に自らに言い聞かせておきながら、実は苛立っていることに気づき、落ち着くために深呼吸する。

私、自分で思っていたよりも昴さんのことが好きみたいだ。敵だと思っていたから素直に認識するのに時間がかかったけど、最初に会ったときからずっと、気になっていた。

昴さんは、私を自分のものだと言った。それだけで無意識に、これまで以上に甘い言葉を囁かれ、大事にされることを望んでいたのかもしれない。

「さ、出かける時間だわ」

さっさとトートバッグに荷物を詰め、出ていこうとすると携帯が鳴る。

「またこれ……」

月曜日に着信があった番号からだ。何度かコールされるが、気味が悪いので放っておいた。繋がらなかった電話は、留守電サービスに接続される前にぷつんと切れた。

「変なの」

架空請求とか特殊詐欺だといけない。私はその番号にかけ直すことはせず、履歴から消去した。

昼休み。いつも十二時ちょうどに休憩に入れるのだけど、今日は松倉先輩との話に区切りがつかず、ちょっと押してしまった。

慌てて【午前中の仕事が長引きました。今から持っていきます】とおにぎりの絵文字をつけてアプリでメッセージを送る。既読のマークがつくのを見る前に、エレベーターホールに駆けていった。

最上階に着くと、いつも通り昴さんが待っていた。私に気づくとICカードでロックを解除する。

「遅くなりました」

「いや、ありがとう」

昴さんはお弁当を受け取り、それだけ言うとさっと踵を返し、行ってしまう。

そんなに忙しいの……？

声をかけたかったけど、それより前にセキュリティ用のドアが閉まった。それに隔てられても、昴さんの背中が見えなくなるまで見ていると、ふと廊下に面したドアが開いた。

スカートをはいた綺麗な女の人。秘書さんだろう。姿を見られぬよう、ちょうど来たエレベーターの中に滑り込んだ。

なんだかすっきりしないなあ。

ドアが閉まったエレベーターの中で、自分用のお弁当が残ったトートバッグを覗く。

そこで気づいた。

「あっ、いけない」

慌てていて、自分用のお弁当を昴さんに渡してしまったらしい。私用のは昴さんのものより小さめのおにぎりふたつだけで、成人男性にはとても足りないだろう。同じデザインの袋に入れていたから、間違えたんだ。

エレベーターは少し下の階に降りている。私は次の階のボタンを押し、一度降りる。そして上階へ向かうエレベーターに乗り直した。

携帯を出し、お弁当を間違えたことを昴さんに伝えようとする。しかしそれが完了する前に最上階へ着いた。

ガラス戸の向こうから、誰かが歩いてくるのが見える。あまりウロウロしているところを見られない方がいいだろう。咄嗟に観葉植物の陰に隠れた。

「やっと出かけられる。先方はもう到着しているかな」

「まだ大丈夫でしょう。でも災難でしたね。今日に限って遅れるんですもの」

心臓が縮み上がった。聞こえてきた声の一方は、確実に昴さんのものだったから。

出かける用事があったの？　じゃあ、お弁当を食べている暇もなかった？

いったいどういうことかと、植物の葉の間から様子をうかがう。昴さんの隣には、秘書らしき女性が立っていた。スカートから覗く足が憎らしいくらいほっそりとしている。

「災難とまではいかないさ。こっちの用事も突然だったから」

「それにしても、毎日お弁当を作ってくるのも良し悪しですね。しかも同じような具の。社長のお体のこと、ちゃんと考えてくださっているのか疑問です」

「はは。厳しいな」

ごくりと唾を飲み込んだ。

あの秘書さん、私のことを知っているみたい。体のことを、って……野菜が少ないことにケチをつけているのかな。

だって、彼はあなたたちが買ってきた、こじゃれたパンやサラダはいらないって、私にくれたんだもの。おにぎりだけでいいって言ったものを、おかずまでつけたのに、そんなふうに言われるとは。

女子力が足りない自分も悪いけど、昴さんのお弁当を勝手に見て勝手に批評しなくても。

植物の陰から秘書さんをじとっと睨んでいると、グロスを塗った唇が、なめらかに動く。

「社長も悪い人ですね。あの土地が欲しいからって、所有者の孫を口説くなんて」

そこまで言ったところで、エレベーターが到着した。ふたりは黙ってそこに乗り込む。昴さんの表情は見えなかった。

ひとり残されたエレベーターホールで、のろのろと観葉植物の陰から出てくる私は、はたから見たらどれだけマヌケだっただろう。

『あの土地が欲しいからって、所有者の孫を口説くなんて』

どういうことか、考えるまでもない。

昴さん……ううん、西明寺社長は敵である私を陥落して、楽に実家の土地を手に入れようとした。そういうことだろう。

やっぱりそうか。御曹司が庶民の私を気に入るわけがなかったんだ。

私が昴さんにほだされれば、無条件降伏すると思ったのか。借金だけじゃ、私たちをあの家から追い出すのは難しいかもしれないと思ったのか。

お父さんの絵の価値がどんどん上がっている今、もしお父さんが帰ってきて真面目に絵を描いて売ったら、借金が返せてしまうくらいになると思ったのか。

とにかく、うちの実家の土地を穏便に手に入れるために、さまざまな手を打っておいた、ということだろう。

「何よ……」

舞い上がっていた自分がバカみたいだ。この気持ちを恋だと認めた途端、地に突き落とされるなんて。

悲しみと怒りが入り交じった涙の膜が、視界を歪《ゆが》ませる。私はその辺にあったゴミ箱に、トートバッグごとお弁当を投げ捨てた。

ふざけるんじゃないわよ。こんなもの、最初からいらなかったんだ。秘書に見せて一緒にバカにしていたんだ。

エレベーターを呼び出すため、乱暴に下の階のボタンを押す。目頭から溢れてきた雫《しずく》は指で拭った。

まだ午後の仕事がある。今泣くわけにはいかない。

他のことは考えるな。またバカにされる。仕事だけは、ちゃんとやらなきゃ。泣くのはいつでもできる。

昴さんのことを考えないように、昼休憩を返上して、クラシカルホテルの改装のことだけを考えた。


なんとかミスをせず、今日の分の仕事を終えた。本来の終業時刻を少し過ぎていて、オフィスにはもうほとんど人がいない。バッグを掴んで立ち上がったとき、松倉先輩に軽く肩を叩かれる。

「今週はよく頑張ったんじゃないの」

胸の前に拳を突き出されたので、反射的に手のひらを上に向けて出す。彼の拳が開き、私の手のひらにぽとぽととふたつ、飴玉《あめだま》が落ちてきた。

なんの変哲もない、のど飴。だけどその飴を見たとき、なぜか泣けてきた。

もう仕事の時間は終わったし、少し泣いたっていいよね？

「ありがとうございます……」

頭を下げると同時に、ぼたぼたと雫が落ちた。顔を上げると、松倉先輩がぎょっと目を見開いていた。

「な、なんだよ。僕、今日はいじめてないよ？」

「うわぁぁぁん」

「ちょ、どうした」

わんわん泣きだした私と松倉先輩を、残っていた社員が冷たい目で見ながら去っていく。

「おいおい、やめてよ。まるで僕が悪いことしたみたいじゃない」

「先輩、先輩、私……」

「んんん？」

「もう頑張ることに疲れましたぁぁぁ」

涙腺が決壊するって、こういうことを言うんだろう。

私は嫌いなはずの松倉先輩に寄りかかって、大声で泣いた。別に寄りかかるのはトーテムポールでも電柱でもなんでもよかった。ただそこに松倉先輩がいただけ。

いったい私はなんのために頑張っていたんだろう。実家の手伝いも、絵を探すことも、新しい仕事も。

お父さんは相変わらず行方不明だし、帰ってくる予感もないし、おばあちゃんは年を取って気弱になってきているし、あの家を守るのは私しかいないって。

仕事だって、昴さんがアドバイスしてくれたから、もう一度頑張ろうと思った。つまらない仕事を自分でやりがいのあるものにしようって。

例のホテルに飾る絵だって、昴さんに認めてもらえるものを必死に探していた。認めてほしかった。笑ってほしかった。喜んでほしかった。

やっぱりお前が一番だよって。お前の居場所はここでいいんだって。

なのに、こんなのってない。好きだって認めた途端、裏切るなんて。

「……すっげー困るんだけど」

「ううううう……」

「とにかく、帰ろう。な。送っていくから」

松倉先輩は情けない声でそう言い、私の手を引いて歩きだす。私はばらばらに崩れ落ちそうな体をなんとか引きずり、松倉先輩についていった。

意外にも松倉先輩は、タクシーを拾って自宅までちゃんと私を送り届けてくれた。

「じゃあ僕、帰るから」

タクシーの中で泣き続けた私は、自宅に着く頃にはだいぶ落ち着いていた。

「すみませんでした。よかったらお茶でも」

仲良くもないのに、そこにいただけで巻き込んでしまったことは、本当に申し訳ないと思っている。

普段だったら嫌なことがあっても、自分の中で処理してしまう。こんなふうに感情が爆発したのは初めてだ。

社交辞令で家の中に誘うと、松倉先輩は深いため息をついて私を睨む。

「こういうのはやめた方がいい。僕が悪いやつだったら、やられちゃうよ」

「う……」

「ホテルの内覧会のときもそうだけどさ、横川さんって危なっかしいんだよね。周囲に興味ないふうでいて、自分が困っていると誰にでも頼りそうになる。いつも素っ気ない女が、なよなよっと寄ってくるとさ、男は勘違いしちゃうよ」

玄関先で、私は小さく縮んだ。

確かに、いつもは松倉先輩のことを嫌って警戒しているのに、こんなときだけ頼るのは虫がよすぎるよね。

自分にその気がなくても、周りにそう思われるのは本意ではない。

「……先輩って、意外に親切なんですね」

「〝意外に〟は余計だよ。じゃ、行くわ。何があったか知らないけど、月曜はちゃんと仕事ができるようにしてこいよ」

「ごもっともです」

ぺこりと頭を下げて松倉先輩を見送ると、ポケットの中の携帯が、けたたましく鳴った。

「あっ」

ディスプレイに表示されるのは、日本の携帯でも東京の固定電話でもない、例の番号。いつもは切れるまで無視するのだけど、今だけはなぜか胸騒ぎがした。思いきって画面をスワイプする。

「も、もしもし」

『○▼□＊＊#$&%……』

「ひょえ⁉」

向こうから聞こえるのは、謎の呪文に聞こえる外国語だった。その響きから、英語や中国語、韓国語ではなさそう。だけど何語かは、はっきりわからない。

「先輩、せんぱーい！」

アパートの階段を下りていた松倉先輩が、ぎょっとした顔で振り返る。私はそこまで急いで駆け寄った。

「代わってください。先輩なら海外出張多いし、わかるかも！」

「は？」

怪訝《けげん》そうな顔で、私に押しつけられた携帯をおそるおそる耳につける松倉先輩。一応、松倉先輩の方から流暢《りゅうちょう》な英語で話しかける。しかし。

「ダメだ。何を言っているのか全然わからない。でも、何か必死に伝えたがっている気がする」

少し聞いて、すぐギブアップされた。携帯を返されて途方に暮れる。

どうしよう。ただの間違い電話なら切っておしまいだけど、そうしてはいけないような気がする。

このままだと切れてしまう。何か返さなければ。そう思えば思うほど、口から言葉が出てこない。

向こうの声が途切れた。そのとき――。

「貸せ」

階段の下から声がした。その声の主は、長い足であっという間に階段を上がって、目の前にやってくる。松倉先輩が大きくのけぞって道を開けた。

「しゃちょ……」

突然現れたのは、昴さんだった。仕事用のスーツを着ている。私の手から携帯をひったくると、自分の耳に当てた。

昴さんは何語かさっぱりわからない言葉で、相手とやり取りをしている。その表情は険しかった。

いったいどういう話をしているんだろう。私と松倉先輩は、じっと電話が終わるのを待った。

「おい、メモ」

前触れなく昴さんが手を差し出した。

メモって。いきなり言われたって出てこないよ。

混乱して、くるくる回るだけの私と昴さんの間に、松倉先輩が割って入る。彼の手には仕事用の小さな手帳とペンが。

昴さんはそれを受け取ると、アパートの壁を使って何事かさらさらと書き留めた。

そのメモを見つつ、何度も何かを確かめているよう。

やがて電話を切った昴さんは、私と松倉先輩を交互に見る。

「どうしてふたりして、横川のアパートにいるんだ？」

尋ねる声は、トゲトゲしい。

私と松倉先輩が浮気をしていたかと、疑っているの？

「誤解しないでください、社長。横川が帰りに体調が悪くなったんで、送ってきただけです。ほら、今、帰ろうとしていたでしょう」

どうしても昴さんを敵に回したくない松倉先輩は、必死に弁解する。必死すぎて、逆に嘘くさく思えなくもない。

「そうか。ご苦労だったな」

「はい。では、失礼いたします！」

じろりと睨むように見つめられ、松倉先輩は矢のように走り去った。

「あいつは嘘つきだな。人事部によく言っておこう」

「どうして……」

「涙の痕がついている。体調不良でこんなに泣くか？」

大きな手が、私の頬をそっと撫でた。

見透かされている。

彼と目を合わせているのが気まずくなって、目を伏せた。

「こんなところじゃ、なんだな。今の電話の件もあるし、入ってもいいか」

「あ……」

確かにこんな屋外では、人の目も気になる。

「ええと、狭いところですが、どうぞ」

もっと念入りに掃除をしてからお招きしたかったけど、仕方がない。

私は昴さんを、彼に全然似合わない小さなアパートの一室に招き入れた。

幼い頃から大好きな手

「ところで社長、どうしてこんなところへ……」

「その呼び方はやめてもらおう」

電気ポットでお湯を沸かし、コーヒーを淹れて出す。小さなテーブルの前にあぐらをかいて座る昴さん。こんなにワンルームが似合わない人、初めて見た。

「それよりまず、さっきの電話について話す必要がある」

『お前に会いたかったから』というような甘い言葉を期待していた私は、内心落胆しながらも背筋を正す。昴さんの表情には緊迫感が漂っていた。

「いったいなんの電話だったんですか」

電話の相手は明らかに英語圏ではない外国の人だった。そういうところに知り合いはいない。

そう思ったとき、ハッとひらめいた。

いた。すごく身近に、外国を放浪している人が。どうして今までピンとこなかったんだろう。

「もしかして、父のこと？」

尋ねると、昴さんはこくりとうなずいた。

「彼は今、ハンガリーにいるらしい」

「ハンガリー⁉」

それ、どこら辺だっけ。あ、ヨーロッパか。オーストリアとルーマニアの間ね。公用語は英語ではなく、ハンガリー語だったかな。

「で、今、体を壊して入院していると」

「ええっ」

「家族に迎えに来てほしい、早く日本に帰った方がいい、と病院のスタッフが言っていた」

数日前から何度か、かかってきていたのは国際電話だったのか。どうりで見覚えのない番号だったはずだ。

現地の病院に入院しているだなんて……ついこの前、電話で話したときは、元気そうだったのに。

どくんどくん、と心臓が不穏に動き回る。

「早く日本に帰った方がいいってことは……命に関わる病気だってことですか。早くしないと、日本の土を踏めずに死んでしまうってことですか」

「そこまでは言っていなかった。俺もハンガリーは学生時代に少し滞在しただけだから、微妙なニュアンスまでは聞き取れていないかもしれない。運悪く、その病院には日本語通訳がいないらしい」

怖い。お父さん、いったいどんな病気になっちゃったの。

全然知らない異国の地で父親が死んでしまうかもと思うと、吐き気に似た感覚を覚える。内臓全部が縮み上がっているみたい。

「とにかく、現地にお父さんを迎えに行くしかない」

昴さんはテーブルの上に、さっき取ったメモを置く。そこには、住所と電話番号らしきものが。

「迎えに行くって言ったって……」

混乱でめまいがしそう。どうやってひとりでハンガリーの病院を探してたどり着けというのか。

「落ち着け。お前ひとりで行かせたりはしない」

テーブルの上に置いていた震える手を、そっと包まれた。顔を上げると、昴さんがまっすぐにこちらを見つめていた。

「俺が一緒に行く。ヨーロッパは詳しいんだ」

「え、でも」

昴さんがそう言ってくれるのは嬉しい。どれだけ心強いだろう。

でも、彼は社長だ。いきなり海外に行って、仕事を休んでもいいの？

「心配するな。仕事の都合は今日つけてきた。今のタイミングなら、休暇が取れる」

「今日つけてきた？」

「偶然だが、何日かあとの予定だった他のグループ会社との会合が急遽《きゅうきょ》開かれた」

そういえば昼間、秘書さんとどこかに出かけていくところを見かけたっけ。

思い出すと自然に、眉間に深いしわが寄った。

「それさえ終われば、どうしても俺が出ていかなければならない場所は今のところない。例のホテルの開業も、基本は社員主導だし」

昴さんは胸ポケットから携帯を取り出した。

「まず、ハンガリーまでのチケットを手配しよう。といっても日本から直行便は出ていないから、近隣の国からバスか何かを使って入国することになるが……そうだ美羽、パスポートは持っているか？」

てきぱきとハンガリー行きの段取りをする昴さんの横で、私は上の空だった。無論、昼間の秘書さんの言葉が耳の奥で反響して止まらないからだ。

「おい、聞いているのか」

至近距離で顔を覗き込まれ、胸が苦しくなった。

「どうしてそこまでしてくれるんですか？」

苦しさから逃れるために、目を逸らす。

「そこまですれば、私が素直に実家の土地を差し出すと思うんですか？」

「なんだって？」

「あなたが必要以上に私に近づいたのは、すべてあの土地のためだと……」

秘書さんが言っていた。そう話すのは躊躇われた。盗み聞きしていたことがバレてしまう。

ぎゅっと唇を噛むと、昴さんは盛大なため息をついた。

「聞いていたな」

「う……」

「会社に帰ってきたら、ゴミ箱に見覚えのあるバッグが捨ててあるから、びっくりしたよ。中身の弁当まで。どうしてあんなことをしたのかと気になって、来てみれば。なるほど、納得した」

昴さんがそっと私の頬に触れる。ぶっきらぼうな口調とは裏腹に、仕草は壊れ物を扱うように優しい。

「あれは秘書の勘違いだよ。毎日手作り弁当を持っているから、いろいろと聞かれて。面倒くさくなったから、お前と付き合っているとはっきり言った」

「へっ」

い、言っちゃったの？　私自身、〝付き合っている〟と、ちゃんと聞いたことはなかったのに。そのせいで何度不安になったことか。

思わず昴さんの方を見る。目が合うと、彼は真剣な表情をしていた。

「『どうして付き合うことになったのか』と聞かれたから、『最初はあの土地が目当てで近づいた』とだけ言った」

そうだった。昴さんは最初、完全な悪役だった。うちの実家に来たのは、土地目当て以外の何物でもない。

「そこから秘書の妄想が暴走したんだろうな。必死に説明するのも面倒だから放っておいたが、お前が嫌な思いをしたなら謝る。すまない」

昴さんは、座っていた私をそっと抱き寄せる。肩越しにおじいちゃんの絵を見る目に、涙の膜ができた。

「好きだよ、美羽。強がりな性格も、生意気な目も」

優しく囁かれて、髪を撫でられたら、体から力が抜けていった。ぽろぽろと涙が零れる。

「俺のことを想って泣く美羽も魅力的だけど、今はそんな場合じゃない」

指で涙を拭われ、こくりとうなずく。

「お父さんを日本に連れ戻さなきゃ」

「そうだ。すべて俺に任せておけ。お前はついてくるだけでいい」

破壊力抜群の笑顔を向けると、彼はもう一度、私をぎゅっと抱きしめた。

ああ、なんて……なんて心強い。

昴さんが私を想ってくれている。それだけで、なんだって乗り越えられそうな気がした。


昴さんはひっきりなしに、携帯で誰かと連絡を取り合っていた。私はほとんど使っていなかったパスポートを発掘し、少ない荷物をまとめる。

「留学経験があってよかった……」

それでなければ、お金も友達も少ないので、海外に行こうなどと考えなかっただろう。すなわち、パスポート申請に時間がかかったはずだ。

昴さんが呼んだタクシーに飛び乗り、空港へ。

成田《なりた》に着くと、スーツの男の人が昴さんを待っていた。

白いものが交じった髪を、オールバックにして後ろに撫でつけている。すらりとした、清潔感のあるおじさまだ。まるで執事といった風情《ふぜい》。

彼が手にしていたスーツケースと、飛行機のチケットと思われる封筒を受け取り、昴さんがうなずく。

「ありがとう。助かるよ」

お礼を言われた中年男性は、品のある笑顔を見せた。やっぱり、西明寺家の執事さんなんだろうか。

興味はあったけど無駄話をする余裕はなく、出国手続きに急ぐ。

「さっきも言ったが、ハンガリーまでの直行便はないから、まずドバイを経由してウィーンに行く。そこから鉄道でハンガリーに入る」

昴さんの説明を聞いているだけで頭がクラクラした。まったく知らない土地での乗り継ぎほど怖いものはない。

「昴さんがいてよかった……」

「そのセリフはすべて片づいてからにしろ」

気づいてみれば、男の人とふたりで海外なんて、まったく初めてのことだ。お父さんのことがなければ、もっとわくわくしたんだろうな。初めてのふたりきりの旅行が、お父さんを救出する旅になるとは思わなかったよ。


夜十時台のフライトで日本を飛び立ち、ドバイの空港を経由してウィーンに着いたのは、現地時間の昼頃だった。

「そういえば、職場に連絡するのを忘れていました！」

ハンガリーに向かう特急列車の中で、唐突に思い出した。昴さんに買ってもらったサンドイッチを持った手が、ブルブルと震える。

「心配するな。お前のところの課長には話を通してある」

落ち着きはらってコーヒーをすする昴さん。さすが、抜かりない……。

周囲では異国の言葉が飛び交っている。懐かしいヨーロッパの空気も景色も、楽しむ余裕は今の私にはない。

お父さん、どうか無事でいて……。

緊張したままハンガリーに到着したのは、日本を出ておよそ十五時間後だった。現地では多少英語も通じるものの、やはりハンガリー語が多い。

ブダペストで拾った黄色のタクシーに乗り込み、昴さんが病院の住所を告げる。

「二十分ほどで着くらしい」

運転手の言葉を通訳した彼は、疲れた表情を見せずに自分の膝を叩いた。

「寝ていてもいいぞ。膝枕してやろうか」

「え、遠慮します」

私の緊張をほぐそうとしているのだろうか。飛行機の中でも列車の中でも、あまり続けて眠れなかった私を気遣ってくれているようだった。

約二十分後、タクシーが到着したところにあったのは、ちょっと古めの四階建ての建物だった。どうやらここが病院らしい。

出入口に近寄っていくと、ひとりの中年女性が手を振ってきた。

「西明寺社長さん？　ワタシ、通訳のアンナです」

「どうも、西明寺です。よろしくお願いします」

小太りでメガネをかけた、人のよさそうなハンガリーの女性。戸惑う私をよそに、昴さんは笑顔で挨拶をした。

「細かい医療用語はわかりにくいから、通訳を頼んでおいたんだ」

短くされた説明。日本にいる間にそこまでやっておいてくれたとは。驚きと同時に感動する。

アンナさんに案内され、病院の受付で身分証を見せた。電話をもらったこと、ここに父親が入院していることを説明する。受付の女性は受話器で誰かと話したあと、立ち上がって私たちの前に来た。

「病棟と連絡を取って、面会許可が下りたのよ。彼女が病室まで案内するって」

アンナさんが説明した。

「あの、父の病気はだいぶ悪いんでしょうか?」

通訳してもらうと、受付の女性は興味がないといったように肩をすくめた。

「彼女はただの受付だから、わからないって」

「ああ、そうですか……」

そりゃそうだ。日本だって、受付事務が患者の状態を把握しているわけがない。

ちょっと考えればわかるはずなのに。やっぱり私、緊張しすぎているみたい。

いったいどんな状態の父親と対面させられるのか。たくさんの医療機器に繋がれて話もできない状態だったら、どうしよう。私、正気でいられるかな。

廊下を進んでいくうちに、怖くなる。汗ばんだ手のひらを、昴さんがそっと握ってくれた。

病棟に着くと、看護師さんたちの姿が見えた。ナースステーションで受付の女性は帰っていき、代わりに看護師さんにお父さんの病室の前まで連れていかれる。

「ここよ。ドクターは外来診察が終わってから来るから、先に入っていいって。もうすぐだそうよ」

「どうもありがとう」

緊張と心配で口がカラカラ。何も言えない私の代わりに、昴さんがアンナさんにお礼を言った。

覚悟してドアに手をかけ、ゆっくりと開ける。部屋の中にはベッドがひとつ。個室らしい。

ベッドに横たわる男性は、静かに眠っていた。まぶたは固く閉じられ、口はぽかんと開いていた。

「お父さんっ……！」

まさか、手遅れだった……？

まったく生気を感じないベッドの上のお父さん。私はベッドのすぐそばに駆け寄り、ひざまずいた。

「お父さん、お父さん！　ねえ、返事して……！」

ベッドからはみ出ている、だらんと伸びた手を握る。涙が込み上げてきて、ぽろぽろと溢れた。

「……おい。冷静になれよ。息、してるぞ」

頭の上から浴びせられた、冷や水のごとき昴さんの声。顔を上げてよく見ると、確かにお父さんの胸が呼吸で上下している。

「瀕死《ひんし》の病人が、こんな点滴ひとつで寝かされるもんかね？」

「んー、ないでしょうねー」

昴さんはいつの間にかベッドの反対側に回っていて、そこにあった点滴台を指差す。アンナさんは昴さんに同意していた。

「ふごっ」

「わああ！」

急にお父さんの口から大きな音がして、思わずのけぞる。

「ん、あれ……？」

ぱちぱちとまばたきをして、目を開くお父さん。寝ぼけていた目が、だんだん焦点を結んでいく。

「お、おお！　美羽じゃないか！　やっぱりお前のところに連絡があったか。よくこんなところまで来られたなあ」

上体を起こしたお父さんは嬉しそうに、床にへたり込んだ私の肩を叩く。

「な、何よ。意外に元気じゃない……」

ちょっとやつれているけど、言葉ははっきりしているし、内容に矛盾もない。指の爪の間に油絵の具が入っているのが、お父さんらしかった。

立ち上がると背後のドアがノックされた。入ってきたのは、白衣を着たでっぷりとした髭《ひげ》のおじさんだった。ドクターだろう。

彼が私たちに向かって笑顔で何事か言う。アンナさんはそれを流暢な日本語に直す。

「お父さん、六日前に行き倒れていたのを現地の人に見つかって、救急搬送されたんですって。主な病名は脱水症状と栄養失調ね」

「だ、脱水……」

ぜんっぜん大したことない。いや、脱水だって重症になれば命の危険があるだろうけど、ハンガリーから呼び出されたこっちとしては、癌《がん》か何かかと思って、はらはらしていたのに。バカみたい。

「救急要請してくれたのがいい人で、貴重品は何も盗まれていないらしいわ」

「おお、そうなんだよー。パスポートも財布も、絵の具も何もかも全部そろってるんだ。すごいだろ」

自慢するお父さんの視線の先に、窓際の汚いリュックと絵の具バッグ、キャンバスが見えた。

「じゃあ、どうしてわざわざ家族を呼んだんですか……」

脱力してドクターを見ると、彼はアンナさんに淡々と何かを説明していた。

「お父さん、ハンガリーの社会保険を払っていないから、すべての医療が実費なの。悪い人じゃなさそうだけど、入院費を踏み倒されるのを懸念したのね」

「はう」

情けない。『小汚い、行き倒れの日本人。入院費が払えないのでは』と思われたんだ……。

「そこでお父さんから了解を得て、あなたに国際電話をかけたそうよ」

「だって、ドクターは『入院していることを家族に知らせるだけ』って言うから。俺は嫌だって言ったんだよ。でも身内の電話番号を教えなければ、領事館に言うって脅すし」

あまり大事になると、今後は創作のために渡航しづらくなると思ったんだろう。強制送還されるよりはよかったかもしれないけど、迷惑な話だ。

ため息を吐き出したとき、ドクターがまたハンガリー語で何かを言った。アンナさんは神妙な顔つきでうなずく。

「今回、ＣＴやレントゲンで、胃や腸に影が見つかったんですって」

「ええっ！」

なぜそれを早く言ってくれないの。

身を乗り出すと、ドクターはひるんだようにアンナさんに早口で説明する。

「採血の結果では、それほど重病ではなさそうだけど、念のため日本に帰ってしっかり検査をした方がいいんじゃないかって。ポリープの類かもしれないそうよ」

そうなんだ……。日本の病院なら保険が使える……って、お父さん、会社勤めじゃないけど健康保険は入っているのかな。

疑惑のまなざしを向けると、お父さんはへらっと笑う。

「国民健康保険証はあるよ」

ああよかった。っていうか、外国で倒れるまで無理しないでよ。

「ほんっとうに、おバカな父がご迷惑をおかけしました。すぐに日本に連れて帰りますので、手続きをお願いします」

ぺこりとお辞儀をすると、通訳をされたドクターがにっこりと笑った。彼が部屋を出た途端、お父さんはだらんとベッドに寝転がる。

「やだなあ。俺、帰りたくないよ。もう大丈夫だよ」

「ダメ！　一度帰るのっ。大きな病気をしたら、絵だって描けなくなるんだからね」

駄々をこねる父親。諭す私。どっちが親なんだか。

私たちのやり取りを見ていた昴さんが、くすくすと笑う。

「そういえばさっきから気になっていたんだけど、そちらのお兄さんは？」

父が照れくさそうに昴さんをちらちらと見る。

「あ、ああ。この人は……」

「はじめまして。西明寺といいます。美羽さんとお付き合いをいたしております」

言いにくいことを、あっさりと！

昴さんはにこにこと営業用スマイルを作って、お父さんと握手を交わした。

「あ、そうですかあ。おい美羽、こんないい男を捕まえるなんて、お前も隅に置けないなあ」

「やめてよ、捕まえるとか」

「いいじゃないか。でもどっかで聞いたことあるなあ、西明寺って名前……」

この前の電話で話したでしょうが。西明寺ホテルに実家の土地を狙われているって。

創作以外には興味のないお父さんのことだ。そんなことも、もう忘れているのかもしれない。

無駄な心配をかけないよう、昴さんの素性については黙っておく。

話の途中で、ドクターが戻ってきた。隣にはシャツを着た女性が。

「この人は医療事務員ね」とアンナさんが教えてくれた。彼女は私に、ハンガリー語がプリントされた紙を差し出す。

「領収書だな」

昴さんが横から覗き込む。

私はごくりと唾を飲み込んだ。保険が使えない医療。しかも数日、電話を放置したせいで、個室代もかかっているだろう。高額であろうことは予想できた。

「ええと……日本円で、約六十万円ね」

「ろ……っ」

言葉を失った私に代わり、昴さんが小さな声で尋ねる。

「ぼったくられている可能性はないですか？」

「んー、大丈夫だと思います。栄養剤の点滴だけでなく、救急車とER受診料、各画像検査代、食事代、着替え代、その他諸々……高すぎることはないと思います。公立の病院ですし」

アンナさんが明細を細かく見ながら説明すると、がくがく震える私の横で昴さんがその領収書を受け取る。

「いいでしょう、この代金は俺が払います。カードは使えますか」

「ええ、もちろん」

「では一括で」

財布からカードを取り出した昴さん。呆気《あっけ》に取られている私。ベッド上のお父さんが口を開く。

「いやいや。いくら美羽の彼氏さんといっても、ここで甘えるわけには」

ようやく父親らしいことを言いだしたお父さんを見下ろし、昴さんは言う。

「もちろん、タダで肩代わりするわけではありません」

「あ……ですよねえ」

一時的に貸してくれるということだよね。昴さんも早く日本に帰りたいだろうし。

帰国したら、昴さんに借りた飛行機代と入院費、返さなきゃ。悔しいけど、おばあちゃんの力を借りるしかないのか。

ぎゅっと唇を噛むと、昴さんが予想もつかない言葉を口にする。

「お父さんと美羽さんの渡航費、入院費は俺がすべて支払います。その代わり」

「その代わり？」

緊張した面持ちで反復したお父さんに、昴さんは真面目な顔で告げる。

「美羽さんを、俺にください」

沈黙が病室の中に落ちた。

いやいやいや！　お金を払うから娘をくれって、それって、ただの人買いじゃん！

やっぱり悪役！

「昴さん、それは」

いくらなんでも、父親が娘を売り飛ばすわけ……。

「よろしくお願いします！」

お父さんはベッドの上で膝立ちになり、昴さんの手を両手で握りしめた。頬を紅潮させ、満面の笑みを浮かべて。

「いいのかよ！」

あまりの展開に、言葉が汚くなってしまった。アンナさんが丁寧に私たちのやり取りをドクターと事務員さんに説明している。そこはしなくていいっつーの。

「さあ、決まりだ。今夜はホテルに泊まって、明日帰ることにしましょう」

「ちょ、ちょっと待ってください、昴さん」

「一日でも早くお父さんを退院させないと、入院費が膨れ上がるぞ」

恐ろしいことをぼそりと呟かれ、私は口をつぐんだ。

結局、すぐ退院できる状態だったお父さんは、残りの点滴が終了次第抜針、退院となった。

昴さんは病院を出るとき、お父さんの汚い荷物を一手に引き受けた。私はお父さんの手を引いて歩く。

ずっとベッドで寝ていたせいか、少しふわふわした足取りのお父さんを導く。

その手の温かさや厚みは、昔とほとんど変わっていなかった。絵の具が爪に入って取れなくなった、幼い頃から大好きな手だ。

「まあ、意外に元気でよかったよ」

呟くと、お父さんは頭をかいて、はにかんだ。

「ごめんなぁ」

「いいよ」

会ったらたくさん文句を言ってやろうと思っていたのに、結局それだけで会話は終わってしまった。

アンナさんと別れ、私たちは昴さんが手配したホテルに向かった。

お父さんは私の手を大事そうに握り、決して離そうとはしなかった。

悪役社長は独占的な愛を描く

「お父さんが海外で病気になったから、迎えに行ったって？　どうせ嘘をつくなら、もっとマシな脚本考えてこいよ」

松倉先輩が疑わしげな目でこっちを睨む。ペアで進めなければいけない仕事なのに、ひとりがいきなり休んでしまった。その間、ふたり分の仕事が松倉先輩に乗っかったのだろう。

「嘘じゃありません。どうかこれを」

他の人に見られないよう、ハンガリーで買ったチョコレートの箱をそっと渡す。見覚えのない外国語が並んだパッケージを眺め、松倉先輩はそれをバッグに入れた。どうやらお菓子は好きらしい。

「とにかく、一週間も休んだんだ。今日から僕の倍は働いてくれよ」

「はい。すみませんでした」

ハンガリーの病院から退院したお父さんと私と昴さんは、ホテルに泊まることにした。もう夜に差しかかっていたし、私も昴さんも疲れていた。

お父さんの手前、それぞれ別の部屋を取ってくれた昴さんとは、一緒に寝ることはなかった。

疲れているはずなのに、ベッドに入ってもなかなか眠れない。私の頭の中では、昴さんの言葉がこだましていた。

『美羽さんを、俺にください』

あのときは、お金を払ってもらう代わりに私を売るのか!と、お父さんに対してツッコみたい衝動しかなかった。

ただ、あとからよくよく考えてみれば、あれはもしかしたらプロポーズだったのではないかと思えてきた。

だって、あんなセリフ、ドラマでしか聞かないもん。結婚を前提に付き合っている男女が、彼女の両親に挨拶に行った場面でしか。

でも、まだお互いの想いを確認してからひと月も経っていないのに、結婚しようなんて思うかな? お父さんや私に気を使わせないための、彼なりのジョークだったのかもしれない。

臆病な私は、帰りの飛行機の中でもそれについてはひとことも触れられなかった。

帰国してすぐ、お父さんを実家の近くの病院に連れていった。入院するなら空気の綺麗なところがいいと、お父さんが駄々をこねたからだ。

しかし、簡単な画像検査をしただけで、お父さんは入院せず実家に帰された。緊急性はないと判断されたのだ。内視鏡検査の予約だけして、ひと息つくこととなった。

東京に帰ってきた私を待っていたのは、松倉先輩の冷たい視線。彼は怪しい国際電話にも出たし、社長が私のアパートまで来たことも知っている。けれど、お父さんをハンガリーまで迎えに行った話はなかなか信じてもらえなかった。

松倉先輩が丁寧に私のために取っておいた多量の仕事をこつこつとこなし、気づけば終業時間に。それでもまだ集中してパソコンに向かっていると、肩をトントンと叩かれた。

「残業時間が多いと怒られちゃうから、適当な時間で帰ってよ」

課長に言われて、顔を上げる。疲れた目をこすってパソコンを見つめ直すと、もう夜七時になろうとしていた。

「はい。お疲れさまです」

ちょうどキリがいいところだ。あとは明日からにしよう。

パソコンをシャットダウンし、カチコチに固まった肩を回す。

首もほぐして立ち上がろうとしたとき。バッグの中で鈍い振動音がした。携帯だ。

「はい。横川です」

電話に出ると、向こうから低い声がする。

『もうそろそろ終わるか』

昴さんだ。小さく胸が躍る。

「今終わったところです」

『それはよかった。待ちくたびれたところだ』

待ちくたびれたところ？　昴さん、どこかで私の仕事が終わるのを待ってくれているのかな。

バッグを肩にかけ、携帯を耳に当ててオフィスの外に出る。きょろきょろと周りを見回すと、廊下の先からこちらに歩いてくる長身の人の姿が。

「さあ、行こうか。今日は約束の日だ」

目の前まで来た昴さんは、そっと大きな右手を差し出す。私はうなずいて自分の手を預けた。

昴さんの車に乗って、見覚えのある景色の中を行く。到着したのは、もうすぐグランドオープンする会員制ホテルだった。

初めて昴さんに会った日。あの日、課題として出された、絵を飾るホテルだ。ひとりだけ場違いな、いつも通りのシンプルな仕事着の私。それなのに、昴さんに手を引かれるだけで、お姫さま気分になるから不思議。

出入口を通り、カウンターのそばを抜けてエレベーターに乗り、ラウンジの壁の前に向かう。カウンターには支配人の姿が見えるだけ。灯りもオープン作業に必要最低限の分しかつけていないらしく、薄暗い。

照明に照らされた壁は、布で目隠しがされていた。

「さあ、答えを聞かせてもらおう。ここに飾るのにふさわしい絵を、お前は見つけられたのか？」

昴さんに問われ、私はこくりとうなずく。

「私が選んだのは……」

いろいろと悩みに悩んだわりに、最後は自分でも拍子抜けするくらいあっさりと決まった。

「横川雄一郎作、『団欒《だんらん》』です」

＊＊＊

ハンガリーまで迎えに行ったお父さんが、大事に日本に持ち帰ってきた荷物の中に、それはあった。

病院でも病室の片隅に、まるでお父さんに寄り添うようにそこにあったキャンバス。布で包まれたそれを、お父さんは実家で披露した。

おじいちゃんのギャラリーのイーゼルにその絵は立てかけられた。観客は私とおばあちゃんだけ。

おばあちゃんはお父さんに久しぶりに会えて、相当喜んでいた。少し前のしぼんでいたおばあちゃんはどこへやら。元気はつらつで動き回り、自慢の料理を振る舞ってくれた。

満腹になって完璧にまったりしていた私たちの前で、ベールは剥がされた。それを目にした私とおばあちゃんは、息を呑んだ。

大きなキャンバスには、とある一家団欒の風景が描かれていた。バースデーケーキを囲む、おじいちゃんとおばあちゃん、おじさん、そして小さな女の子。

「これ……」

私は思わず立ち上がった。キャンバスに近づく。バースデーケーキに立てられているチョコプレートには、【みわちゃん　たんじょうびおめでとう】という文字が。幸福そうに笑う、リンゴのような赤く丸いほっぺの少女。これは間違いなく、幼い頃の私だ。

お母さんはいなくなってしまったけど、私は祖父母とお父さんに愛されて育った。少し切ないけれど幸せな毎日だった。

「覚えているわ。私が焼いたのよ、このケーキ。おじいさんが美羽にスケッチブックや画材をプレゼントしたの」

いつの間にか隣にいたおばあちゃんが目を細める。

どこにでもいる、普通の家族の肖像。なのに胸がいっぱいで、目頭が熱くなった。この景色は私が思い描く〝幸せ〟そのものだ。

「お父さん、これを私にくれない？」

「ああ、いいよ。そもそも美羽に贈ろうと思って描いていたんだ。描き上がったら日本に帰国するつもりだったのに、あんなことになっちゃって」

そういえば、下山ギャラリーに行った日にかかってきた電話。あのとき、創作中の絵があると言っていたっけ。それがこれだったんだ。

「そっか。もうすぐ私の誕生日だっけ」

いろいろありすぎて忘れていた。おばあちゃんが横から私の腕を叩く。

「嫌よ、美羽ちゃん。私より先にボケちゃ」

「ボケ……誰が認知症なの。忙しかったから、うっかりしていただけよ」

私はもう一度、正面から絵を見つめ直した。

離れていても、家族のことを忘れたことはない。お父さんのそんな気持ちが、ひしひしと伝わってくる。

「本当に、素敵な絵」

下手な褒め言葉だったけど、お父さんは嬉しそうに微笑んだ。

そこそこ高値がつく画家になったくせに、娘のひとことで頬が緩みっぱなしになっている。

もう……これだから、うちのお父さんって憎めないんだよね。

＊＊＊

自分の部屋に飾っておきたい気持ちもあるけど、ここに飾ってもらった方がたくさんの人に見てもらえる。そしてその何割かの人には、自分の家族のことを思い出して切なくなったり、優しい気持ちになったりしてもらえるだろう。

　正直、私はお父さんの『団欒』よりこの場にふさわしい絵を知らない。

「まだ完成したばかりの作品で、どこにも出回っていません。うちの実家にあるので、すぐに持ってこられます。あ、写真を撮ってあるので確認されますか？」

　携帯をバッグから取り出そうとすると、その手を昴さんにそっと包み込まれた。

「大丈夫。その必要はない」

「えっと、でも」

　どういう絵かわからなければ、審査のしようもないはず。

　きょとんと見上げる私をおかしそうに見つめ、昴さんは形のいい唇を動かす。

「その絵は、これだろう？」

　昴さんが壁を覆っていた布に手をかける。ぐいっと引っ張られて波打つ布の向こうに、それは現れた。

「あっ！　えっ、どうして？」

　壁には、額装された『団欒』が既に飾られていた。間違いなく、実家で見たのと同じ絵だ。

「俺はお前がこの絵を選ぶことを、予想していたから」

「なんですか、それ」

それじゃまるで、昴さんは私より先にこの絵を見たことがあるみたい……って、まさかハンガリーで見たんじゃ。

あのとき、私たち三人はそれぞれ別の部屋に泊まった。『団欒』はもちろんお父さんの部屋にあった。

「お父さんに見せてもらっていたんですね？」

「ああ。病院でキャンバスを見つけたときから目をつけていたんだ。今をときめく横川雄一郎の新作だ。誰よりも早く見たいに決まっている」

昴さんに営業スマイルで褒めまくられて、お父さんは喜んで絵を見せたんだろう。その気持ちはわかる。

「間違いない。この絵は横川雄一郎の作品の中で、最もこの場にふさわしい作品だ。俺はこういうものを求めていた。お前もきっとそう思うだろうと、半ば確信していた」

自信満々の笑顔。最初は悪役にしか見えなかった笑い方も、どうしてか今は魅力的に見える。

「お前は俺が認める絵を探し当てた。約束は守ろう」

「探し当てたっていうか……だいぶオマケしてもらっている気がするんですけど」

「いいんだよ。お前と出会っていなければ、この絵はここになかった」

壁にかかった絵を満足そうに見つめる昴さん。彼が仕事のことで妥協するはずはない。本当にお父さんの絵を気に入っているのは確からしい。

でも、いつまで続けられるかわからないギャラリーを残し、借金をチャラにしてもらって……本当にそれでいいんだろうか。よく考えれば、かなり厚かましくない？

悩む私の顔を彼が覗き込み、大きな手で頭を撫でた。

「これは俺の提案なんだが。横川家の建物を、うちのリゾートホテルの一部にしてはどうかと思っているんだよ」

「一部って？」

「横川円次郎ギャラリーを、ホテルの施設として運営させてもらえないか、と。どうかな」

「ええっ」

ホテルの施設としてということは、ギャラリーの運営をうちの会社がすることになるってこと？

「少し改装させてもらって、一階すべてを横川円次郎と横川雄一郎のギャラリーに。

隣に別の建物を建てて、おばあさんプロデュースのカフェにするんだ。おばあさんはもちろん、今まで通りギャラリーの二階に住んでもらって構わない」

昴さんがあまりに楽しそうに話すから、私の頭の中にもリアルに改装後の光景が浮かんでくる。

「おばあさんは横川両氏の一番の理解者だし、目も利く。万が一、贋作《がんさく》を掴まされそうになっても、彼女がいれば安心だ」

一階のギャラリーでは、おじいちゃんの作品を買い戻してほしいと持ってこられたり、本物かどうか鑑定してほしいと言われたりすることも、ごくたまにある。

会社が運営に関わってくるなら、全部がおばあちゃんの思い通りにはいかないだろう。でも、確実におばあちゃんの身体的な負担は減る。ひとりのうちに何かあったら、と心配だったけど、毎日誰かが様子を見てくれるなら安心だ。

私は昴さんの提案に、ぐらぐらと心を動かされた。すぐにでも首を縦に振りたい衝動が脳をかすめるけれど。

「すごくいい提案だと思います。でも、おばあちゃんやお父さんの意見も聞いてみないと。すみません」

借金がなくなっただけでも頭が上がらないのに、即答できないのが申し訳ない。

でも、あの家は私が建てたものじゃない。おばあちゃんがおじいちゃんと長く大切な時間を過ごした場所だ。私の一存では決められない。

「謝る必要はない」

目の前でぱちんと指を鳴らされ、ハッと上を見た。

まるで魔法にかかったように、突然ロビー中の照明が明るく輝く。ぐるりと周囲を見回す。ラウンジの出入口から現れたのは、お姫さまでも王子さまでもなく……。

「おばあちゃん、お父さん！　どうしてここに？」

カラオケの発表会に着ていくようなベロアワンピースを着たおばあちゃんと、スーツを着たお父さんが、颯爽《さっそう》と現れた。お父さんはおばあちゃんを紳士的にエスコートしている。

「西明寺社長に招待していただいたのよ」

「昴さんが？」

振り返ると、昴さんが意味ありげに微笑む。

「もしや今の提案、ふたりは既に知っているとか？」

「そう。おふたりは承諾してくれたよ。あとは美羽に『うん』と言ってもらえれば、商談成立」

なんと準備のいい。知らなかったのが私だけなのがちょっと気にかかるけど、ふたりがいいなら私に異存はない。

おそらくおばあちゃんも体力的な不安があり、適切に絵を保存してくれるなら、と思ったんだろう。お父さんは、借金の肩代わりをしてもらった恩を感じているからに違いない。

「わかりました。よろしくお願いいたします」

深く頭を下げた。昴さんにはお世話になりっぱなしだ。

「顔を上げてくれ。もうひとつ、美羽に承諾してほしいことがある」

「なんでしょう。おばあちゃん、それももう知っているの？」

おばあちゃんたちに尋ねると、ふたりとも含み笑いで返してきた。何も言わないところを見ると、やっぱり知っているらしい。

「もう、なんですか。私ばっかり、のけ者にして」

一緒に相談の場に加えてくれればよかったのに。こんな回りくどいことをして、なんのサプライズ？

むっと膨れた私は、ぷいと横を向いた。その瞬間、ガサガサと大きな音がしたので、気になって昴さんの方に向き直った。すると――。

「うぷわ！」

目の前に差し出されたのは、両手いっぱいの花束。ピンクや赤の薔薇だ。むせ返るような花の香りの向こうから、昴さんが囁く。

「美羽」

「は、はい」

「俺と結婚してくれ」

今までの人生ではなかったくらいの衝撃に、思いきり目を見開いてしまった。

魔法が解けるかもしれないと、何度もまばたきをした。けれど、薔薇の花束もその向こうの昴さんの顔も、美しさが霞《かす》むことはない。

「美羽、返事」

お父さんに背中をつつかれて、我に返った。

まさか、身内の前でプロポーズされるとは。恥ずかしさで顔から火が出そう。

「だって、突然すぎて」

言い訳をするように返すと、お父さんは「は？」と首を傾げた。

「ハンガリーの病院に迎えに来てくれたときにも言っていたじゃないか。社長さんが、『美羽さんを俺にください』って」

「いや、それは覚えているけども」

てっきり冗談かと思っていたんだもの。

あっちを見たりこっちを見たり、挙動不審になった私の両腕をおばあちゃんが掴んだ。およそ老人らしからぬ強い力で。

「美羽ちゃん、逃げちゃダメ！　社長さん、こんなにストレートに求婚してくださったのよ。ちゃんとお返事しなさい！」

おばあちゃんの言葉に、頬を打たれたように感じた。

そうだ。私は自分のメンタル許容量を超えたことが起こると、すぐ逃げる癖がある。絵を描くことを諦めたときもそう。おばあちゃんが弱音を吐いたときもそう。お母さんが家から出ていったときも。それ以降、手紙を書くことも電話もしなかった。

ものわかりがいいふりをして、つらいことから逃げていれば、楽だから。自分が傷つきたくないから。

でも、今はそうじゃいけない。大丈夫。彼は私を傷つけたりしない。

ごくりと唾を飲み込み、背筋を伸ばして昴さんに向き直った。彼は真剣な瞳でこちらをじっと見つめている。

「あの、昴さん」

「うん」

「まだ知り合ったばかりで、その……不安もありますが」

「そうだろうな」

「ですが。ですが」

一緒にいたら、お互いの嫌な部分がどんどん見えてしまうことだろう。

でも、私は……。

「よろしくお願いします！」

まだ昴さんの腕の中にあった花束を、奪うように抱きしめた。

「ああ、よろしく。不器用なお前が大好きだよ、美羽」

昴さんは私と花束を一緒に抱え込む。彼の腕の温かさを感じると、不思議に涙腺が刺激された。

ぱちぱちと、ふたり分の拍手の音が聞こえる。涙で濡れた視界で昴さんを見ると、彼はそっと私にキスをした。

新ホテルが無事にオープンした約半年後、私と松倉先輩が手がけていたクラシカルホテルの改装も終わった。

もともとの和洋折衷の面白さを活かしつつ、老朽化していた部分をカバーした新しいホテルは、お客さまの入りもよくなってきているらしい。

おばあちゃんは建設中のリゾートホテルができるまでは、のんびりと今まで通りの生活を続けるそうだ。お父さんは、今は実家で絵を描いているけど、またいつ海外へ飛び出すかわからない。

一方、私は正式に昴さんと婚約し、彼の住まいに転がり込む形で同居が始まった。

家柄の差で、昴さんの家族に反対されるのではないかとヒヤヒヤしていたけど、その心配は無用だった。

ご両親も美術品が大好きらしく、おじいちゃんとお父さんの名前だけでOKをくれた。昴さんいわく、一応事前に身辺調査をされたらしいけど、驚くほど何もなくてご両親も安心したんだとか。地味に生きてきてよかった。

「そのついでに、お前の母親の行方がわかったんだが、聞きたいか？」

ベッドの中、素肌のままの昴さんが尋ねた。行為を終えたあとで、私の眠気はピークに達している。

「んー、はい」

昴さんの胸に寄り添うように鼻を寄せる。彼は私の髪を優しく撫でた。

「お父さんと離婚成立後、他の男性と結婚して千葉に住んでいる。子供がふたり生まれた。今、十六歳と十三歳」

「へえ」

「普通の家庭で、普通の母親をしているらしい」

「なーんだ。もっと波乱万丈かと思えば、そうでもないんですね」

そういう普通の生活を望む人が、なぜお父さんと結婚したのかは謎だけど、うまくいかなかったのは当然だったのかなと思う。

離別以来、一度も便りをよこさなかったし、会いに来ることもなかった。幼い頃は薄情に思えたけど、今ならわかる。彼女は彼女なりに、新しい家庭を守るのに必死だったのだろう。

「幸せそうでよかったです」

「結婚すると報告しなくていいのか？」

私は彼の腕の中で首を横に振った。今さら、幸せに暮らしているお母さんの心に波を立てることもないだろう。

結婚式は半年後、フランスの古城を改装したホテルで行う予定。広大な敷地の中に森やブドウ畑がある、童話の世界そのものの白い城。内装も、建てられた当時のもののを活かしているらしく、今から楽しみで仕方ない。

「古城と美術館巡りの予定より先に、ドレスを決めなきゃな」

「背景が美しければ、私の衣装はどうだっていいですよ」

「そういうわけにはいかない。主役が輝いていなければ、いくら背景がうまく描けていたって名画にはならない」

昴さんの指が私の頬にかかっていた髪をよけ、彼がおでこや頬に口づける。

「俺がお前を輝かせる」

そう言った昴さんの手に熱が宿る。既にとろとろに甘やかされたばかりなのに、求められれば条件反射のように私の体も熱くなる。

自分自身が主役になって輝ける日が来るとは、少し前の私は思ってもみなかった。

残された絵画を愛し、それを保存していくだけ。自分自身はただそこにあるだけの無価値な骨董品《こっとうひん》になるんだろうと、漠然と思っていた。

だけど、彼に会えた。

昴さんのおかげで、私は私の人生を歩んでいける。彼と共に。

「もう、『社長の頭の中は仕事ばかり』だなんて言えないくらい愛してやる」

いたずらっ子のような顔で笑う彼は、出会ったばかりの頃のセリフを引用してきた。

過去に誰かに同じことを言われたことがあるのかな。あの日も固まっていたものね。ちょっとショックだったみたい。

いくら悪役だって、彼も人間。仕事のことだけ考えて生きられるわけはない。

これからは、一緒に綺麗なものをたくさん見て、感じて、生きていこう。もう寂しくない。

私はまぶたを閉じ、彼の熱に身を任せた。このまま全身溶かされて絵の具になってしまえばいい。

彼の手は、素敵な絵を描いてくれるはずだ。

私たちの、温かく柔らかな光に溢れた未来の景色を。

特別書き下ろし番外編［昴Ｓｉｄｅ］

俺が横川美羽と出会ったのは、とあるファミリー向けホテルだった。

誰も気に留めない絵を凝視する姿に関心を持ち、話しかけた。そのときは、彼女が横川美羽だとは知らなかった。

横川円次郎ギャラリーで、美羽は俺に歯向かってきた。ただの平社員であるにもかかわらず、俺が社長だと知っていて。

だから、そんな美羽にますます興味を持った。今まで俺の周りにいた、やたらと従順な女性たちとまったく違う彼女は、不思議と俺の心を惹きつけた。

そして、今に至る。美羽は俺の婚約者だ。


自宅に帰ると、リビングのソファに美羽が横になっていた。

最初は『こんな高級ソファ、恐れ多くて座れない』なんて言っていたが、アパートを引きはらってこっちに住むようになって二ヵ月。もう慣れたらしい。

「おい。風邪ひくぞ」

彼女の傍らにはスーツケースが。俺が着く少し前に、出張から帰ってきたばかりなのだろう。

美羽はクラシカルホテルの改装と同時に、別の仕事にも着手していた。とある戦国時代をイメージしたテーマパークにある、宿泊施設の改装に取りかかっているのだ。

今はない安土城《あづちじょう》を原寸大で再現したその建物は、もともとは刀剣や防具、合戦風景のジオラマなど、戦国にまつわるものを展示していたのだが、客足は年々減少。なので、外国人観光客向けに〝お城に泊まれる〟を売り文句とした宿泊施設に改装してほしいという依頼があった。

その改装を担当することになったのは、他の社員だ。美羽はその補佐役として、二日前、現地に視察に行った。

……疲れきったのだろう。服も着替えずメイクも落とさず、ぐっすり寝ている。

どうせ食事もとっていないはず。時計を見ると、夜八時を指していた。

寝かせておいてやるか……。どうせ今日は金曜日。明日は休日。変な時間に寝て起きても、大丈夫。

帰ってきたらうまいものを食わせてやろうと思っていたけど、どうやら出かける気力も残っていないようだ。

外食は諦め、美羽にタオルケットをかけてやった。

自分も着替え、簡単に食事の用意をする。といっても、美羽が余裕のあるときに作ってストックしておいてくれた惣菜《そうざい》を、皿に盛って温めるだけ。それも底を突きかけていた。

食事をとりながら、眠る美羽の様子を見ていた。起きる気配がなければ、ベッドまで運んでやろう。

「そんなにムキになって仕事をすることもないのに」

誰にともなく呟いた。

美羽には、父や祖父から受け継いだ絵を描く才能がある。仕事を辞めて好きなだけ絵を描けばいいと言っているのに、彼女は首を縦に振ろうとはしない。

『画家になるわけでもないのに絵だけ描いているなんて、ただのニートじゃないですか。そういうのは嫌なんです』

俺に養われるのではなく、自立した女性になりたいという美羽の心がけは立派だと思う。自社の社員としては頼もしいが、婚約者としては心配になる。

どうも最近、美羽は無理をしているのではないか。そう思うけれど、彼女は絶対に認めないし、仕事を辞めるとも言わなかった。

疲れきった美羽の顔を見ると、なんともいえない気分になった。


翌朝。

隣で美羽が目覚めた気配がした。

うっすらと目を開けると、彼女はショックを受けたような表情をしていた。顔を覆ってため息をつくと、静かにベッドを出ていく。

昨夜目を覚まさなかった美羽をベッドに寝かせたのは、俺だ。

服もしわくちゃ、メイクはしっぱなし。過去に何度か同じことをした美羽は、また落ち込んでいるのだろう。特にメイクは、落とさずに寝ると肌が荒れるらしい。


美羽のシャワーと着替えが終わったタイミングを見計らって、ベッドから出た。リビングに向かうと、彼女は朝食を作ろうとエプロンをつけているところだった。

「おはようございます」

「おはよう」

まだ敬語が抜けきらない彼女は、へらっと笑う。それだけで心が和んだ。

「昨日はすみませんでした。帰ってそのまま寝ちゃって」

「構わない。お疲れさま。何か食べに行こうか」

「えっ」

疲れているのに、わざわざ料理をすることもない。そう思って提案すると、美羽の顔が曇った。

「ええと……」

「嫌か？」

「外は暑いので」

確かに今は真夏。美羽が先にエアコンのスイッチを入れていたおかげで気にならなかったが、外に出たらすぐに汗が噴き出すことだろう。

「じゃあ、一緒に用意しよう」

トーストと目玉焼き、サラダがテーブルに並んだ。簡単な朝食を食べながら、美羽の顔を見る。よく寝たおかげか、さほど体調が悪いようには見えない。

食べたあとの食器を片づけながら、今日の予定を聞いてみる。一緒にいられる休日はとても貴重だ。

「今日は美術館にでも行ってみるか」

美羽は即答せず、携帯で何か検索しだした。

五分ほど経過したとき、彼女は携帯をテーブルに置く。

「どこも特別見たい展示がないので、今日はやめておきます」

素っ気ない返事だ。俺としても特に見たいものがあるわけではないので、「そうか」とだけ返した。

こっちからはもう提案したぞ。というわけで、相手の要望も聞いてみることに。

「他に行きたいところは？」

「特には……」

はっきりとしない受け答えに、多少苛つく。

まだ同棲《どうせい》を始めて二ヵ月。付き合い始めたのとほぼ同時期だ。二ヵ月だぞ。一番楽しい時期じゃないのか。

初めこそ、誘えばどこへでも積極的についてきた。しかし最近は仕事が忙しいせいか、ほとんど外に出ようとしない。

「それなら今日はゆっくりしよう。美容院かマッサージにでも行ってきたら」

無理にふたりで出歩くこともない。たまにはひとりの時間が欲しいときもあるだろう。今がそのときかもしれない。

しかし美羽は煮えきらない態度で言葉を濁す。

「そういうのは予約してないと……」

「電話してみればいいじゃないか」

ため息交じりのトゲトゲしい口調になってしまった、と気づいたときにはもう遅い。美羽は黙ってうつむき、部屋を出ていった。

ああもう、面倒くさい。俺にどうしてほしいんだ。

舌打ちをしたい衝動に駆られるが、すんでのところで堪える。

きっと見た目ではわからないくらい疲れているんだ。そうに違いない。そう思うことにしよう。

「みーわー」

洗面所から水音が聞こえ、そちらに歩いていく。ドアを開けると、美羽は浮かない顔で歯磨きをしていた。

「俺はケンカしたいわけじゃない。お前はどうしたい？」

ドアの枠にもたれて問うと、美羽はじっとこっちを見て、思い出したようにうがいをした。

「……ごめんなさい。仲良くしたいです」

「なるべく家の中で、まったりしたいです。今日は」

「わかった。そうしよう」

歯ブラシを置いた美羽を、そっと抱き寄せた。彼女は素直に、俺の腕の中に収まる。

面倒くさいけど、やっぱり可愛い。

結局、土曜日はどこにも出かけず、家の中でＤＶＤを観たり、俺のコレクションの絵を眺めたりして過ごした。

翌日の日曜日。

美羽の雰囲気が少し明るくなったように思えた。やっぱり疲れていたのか。

彼女は早く起き、さっさと食事を済ませると、珍しくアトリエに足を踏み入れた。

数年前、プロ画家の道を諦めたときから、彼女が絵を描くことはほとんどなかったらしい。

「何か描くのか」

「昴さんが前に言ったじゃないですか。無心で手を動かしていると、心がすっきりするって」

「うん」

心を整理したいのか。それほど、自分の心が乱れている自覚があるんだな。

そう思ったが言うのはやめておいた。美羽にもいろいろストレスがあるだろう。

昨日も出張の話を聞こうとしたけれど、休日まで仕事の話をすることもないかと思い直した。

また言われてしまうからな。『社長の頭の中って、お仕事のことばかりなんですね』って。

あのとき思い出したのは、大学時代の男友達のセリフだった。

久しぶりに会って飲んだとき、『お前の話は仕事のことばっかりでつまらん』と言われたのだ。そのせいで俺は、美羽にもつまらない男と思われたかもしれない、と動揺したものだ。

美羽はそんな俺の回想はもちろん知らず、スケッチブックと鉛筆を用意している。

「俺も何か描こうかな」

自分も別のスケッチブックを広げた。絵を描く美羽を写し取るのも悪くない。本人が聞いたら嫌がるだろうけど。

それぞれ離れてイーゼルの前に座る。けれどなかなか、美羽の鉛筆は動かない。何を描くか決まらないのかもしれない。

自分なら、とりあえず近くにあるものを紙の上で再現するのだが、美羽はじっと前を見つめ、動く気配はなかった。

「……やめた。何を描けばいいかわからない」

十分ほど悩んだ挙句、美羽は一本の線を引くことさえなく、ギブアップした。俺のスケッチブックも同じく真っ白のまま。

「ずっと家に引きこもっているからじゃないか？　インプットをしなければ、アウトプットもできなくなる」

嫌味を言ったつもりはないが、美羽の眉間がぴくりと反応したのがわかった。

別に外出しないことを責めたつもりはないのだけど、彼女はそう捉えたのかもしれない。

「今日は天気がいい。写生にでも出かけようか」

「写生？」

「人気のない河原とか、公園とか。どうかな」

内心、自信のない提案だったが、美羽の顔がぱっと明るく輝いた。

「うん。写生、行きたいです」

美羽はすっくと立ち上がった。どうやら、やっとお嬢さんのお気に召す提案ができたらしい。

「お弁当、作ります」

「それはいいな。手軽に食べられるものにしよう」

「じゃあ、おにぎりですね！」

軽い足取りでキッチンに向かう美羽の後ろ姿を見て、ほっとする。

美羽は気づいていないだろう。この俺が、彼女の笑顔を見るにはどうすればいいのか、どれだけ頭を悩ませているのかを。

弁当と必要最低限の画材だけを持ち、少し車を走らせ、駐車場のある広い公園に向かった。

自宅から歩いていける範囲は、ビルなどの人工物が多いので、自然を求めた結果、美羽の機嫌はますますよくなった。

「日陰なら耐えられそうですね」

昨日は暑いから出かけたくないと言った美羽は、日よけ対策のパーカーを着て、早足で公園を歩き回る。

彼女は、あひるが浮かぶ池に目をつけた。真ん中の岩には甲羅干しをするカメが集まり、アーチ状の橋がかかっている。

橋の手前にある日陰のベンチに腰かけ、スケッチブックを太ももの上で広げ、前のテーブルにもたせかける。

『描けそうか？』なんて尋ねる必要もなかった。美羽はさっさと鉛筆を持ち、フリーハンドで素早く線を引く。スケッチブックに目の前の光景が転写されていく。

「水を用意してくる」

トイレで、筆を洗うための小さな筆洗いに水を汲《く》んでくると、美羽の下描きはほぼでき上がっていた。

「早いな」

本来スケッチは早く仕上げるものだが、それにしても早い。

感心していると、美羽は微笑んで水彩絵の具を用意し始めた。

俺は自分の絵を描くのも忘れ、美羽の手元に見入っていた。集中して絵を描く彼女の表情を盗み見る。

帰ってから、この目を描いてやる。俺は美羽の表情を記憶に残そうと、気づけばじっと彼女の横顔を見つめていた。

「ねえママー。あの岩、カメさんだらけー」

橋から池を指差す幼児の声が聞こえた。

日曜日の公園は、ぱらぱらと人がいた。遊具コーナーや動物がいるコーナーから離れているせいで、親子連れが少なく静かではある。けれど、通りかかる人々はあとを絶たなかった。

小学生くらいの子供は遠慮なく、好奇の視線を投げてきた。「すっげ。うっま」と素直な感想を残していく者もいた。

「見事だ」

プロになれなかったことで、美羽は自分のことを『才能がない』と思い込んでいるらしい。だが俺から見ると彼女の絵は、偉大な画家である彼女の祖父や父の血を確かに受け継いでいた。

柔らかい線や色遣い。しかしその中で、ぼやけることなく、強い存在感を放つ生物たち。

「昴さん、描かないんですか？」

ふと美羽が顔をこちらに向けた。

「うん。絵を描いている美羽に見とれていた」

これは冗談じゃなく、本気だった。絵を描くときの美羽は、普段と目の輝きが違う。

「はっ？」

「今日は、お前を鑑賞させてもらうよ」

頬杖《ほおづえ》をついて微笑むと、美羽の顔がみるみるうちに真っ赤になった。

「も、もう、何を言っているんですか。意味がわからない」

まんざらでもないらしい。その証拠に、『嫌だ』とも『やめろ』とも言わなかった。


「あらかたできたんで、お弁当食べましょうか」

言われて腕時計を見ると、ちょうど正午に近くなっていた。

あとは仕上げるだけとなった風景画を見ながら、美羽の握ったおにぎりを食べる。

サイズはもちろん、昔話のじいさんサイズだ。コンビニのものより少し大きめ。

「外で食べると、うまいな」

「そうですね！」

……ああ、可愛い。

ハムスターのように頬を膨らませておにぎりを食べる姿が、こんなに似合うやつが他にいるだろうか。

指に米がついたらしく、美羽はそれをどうしようか迷っていた。ラップにくるまれたおにぎりを食べていて、どうしてそうなる。

「昴さん、バッグの中のウェットティッシュを取ってください」

「ん」

俺は差し出された美羽の手を取り、その白く細い指についていた米を唇ですくい取った。

ひとつ、ふたつ、三つ。

「あ、あああ」

米がなくなった美羽の指を、ウェットティッシュで拭いてやる。ふと美羽の顔を見ると、首から耳まで赤く染まっている。

「ちょちょちょ、ちょっと。何するんですか、昼間から」

拭いてやった手が、ひゅっと戻された。片手は食べかけのおにぎりを持ったままだ。

「早く食べろよ。落とすぞ」

「人の話を聞いてます？」

どうやら、指を舐《な》めたことで刺激を与えたらしい。もちろん、いい方の刺激だ。たまにはそういうのも必要だろう。

「綺麗にしてやっただけだ。感謝されこそすれ、怒られる理由はない」

ただうまそうだと思ったから食っただけだが、美羽の反応が面白いのでからかってやった。

美羽は反論する言葉を思いつかなかったようで、ぷいとそっぽを向いて残りのおにぎりを食べだす。

「裏から見える動くほっぺた、子供みたいでいいな」

「うるさいです！」

食べ終えた美羽がこっちを向いて吠《ほ》えた。その歯に海苔がついているのを見逃さなかった。

「ははっ。お前なあ」

笑いが弾けた。美羽と出会う前は、なかなか湧かなかった感覚。

〝百年の恋も冷める〟という言葉もあるが、俺は美羽のみっともないところを見るたび、もっと好きになっていく。どこかがおかしいのだろうか。

「あー、ラブラブー」

「本当だー」

たまたま横を通りかかった小学生に指を差された。高学年くらいで、男女四人のグループだ。

「あれ、芸能人かな？」

「男の方でしょ？　女は普通だもんね。見たことないけど、芸能人っぽい」

ひそひそと話しながら離れていく。

まったく、人を指差したり、聞こえるように噂話をしたりするなよ。どういう教育されてんだ。

「誰が芸能人だよ。なあ」

美羽の方を振り返ると、彼女はぼーっとおかかチーズおにぎりを睨んでいた。

「おい。それ、食わないのか？」

「あっ」

おかかとチーズを混ぜたおにぎりは、美羽のものだ。俺のものはシンプルに梅。

「食べます。ちょっと、絵にしたらどうなるかなって見てただけです」

「はあ？　おにぎりを絵に？」

「い、いただきまーす」

美羽は大口を開け、ふたつ目のおにぎりにかぶりついた。心なしか、ひとつ目より食べる勢いがそがれているように感じた。腹が膨れてきたのだろう。

俺はさほど気にせず、水筒に入っているよく冷えた麦茶を飲んだ。

写生を終え、平日の分の食料をまとめ買いして帰ると、もう夕方になっていた。

美羽は公園で何枚も絵を描いた。それはどれもよく描けていて、一枚ずつ額装して飾りたいくらいだ。惚《ほ》れた欲目と言われればそれまでかもしれないけれど。

「今日は充実していたな」

「そうですね。楽しかった」

美羽の顔は、出かける前よりだいぶ明るくなったように思う。やはり仕事のストレスが大きいらしい。

「なあ、美羽。結婚したら専業主婦になるか？」

「え？」

画材を片づけていた美羽がこちらに振り向く。

「社長としては、頑張って働いてくれる社員を手放すのは惜しい。けど、夫としてはお前のストレスを少しでも減らせればと思う」

「夫として……」

「今の仕事を続けるより、好きな絵を描いて暮らせた方がいいんじゃないか。納得のいく作品ができたら、横川ギャラリーに置けばいい」

親子三代の作品を同じギャラリーに置くのも面白い。

美羽も微笑んでくれた。

「そうできたら、とっても素敵で幸せだと思います」

「だろう?」

「でも」

美羽は静かに、洗った絵筆を置いた。

「それについてはもう少し、ちゃんと考えてから結論を出したいな」

彼女の横顔から、迷いの色が見て取れた。

「もちろん。強制する気はない。仕事を続けるなら、それも応援する」

本当は、仕事を辞めて絵を描いていてほしい。本当に好きなことだけをして、いつも笑顔でいてほしい。

それに、絵の道を諦めてしまったことは残念だと思う。

仕事をしながらでも、少しずつでもいいから描き続けてほしい。プロになりたいという気持ちが生まれたときは、全力で応援するつもりだ。

「たぶんね、売れるものを描き続けようと思うと、つらくなっちゃうんですよ」

ぼそりと美羽が呟いた。

「お父さんみたいに気楽な人もいるけど、私は真面目なんで。売れないとしょげるだろうし、売れたら『次も売れるものを描かなくちゃ』ってどんどん気負って、そのうちに絵を嫌いになっちゃいそうで」

美羽が言っていることは、わからなくもない。好きなものを描き続けるってことが、本当はどれだけ根性のいることか。

美羽は真面目だから、周りの批評を必要以上に気にする。期待をされたら、それに応えようとするだろう。結果、絵を描くことを嫌いになったら本末転倒だ。

「プロになってもいないのに、無用な心配ですよね」

荷物を片づけ終え、美羽は照れくさそうに笑った。

「たぶん私はずっと、昴さんの専属画家でいる気がします」

俺の専属。もともとは、俺のセリフだ。それを美羽の口から聞くとは、思っていなかった。

「あー、無理」

「はい？」

「可愛い。絵を描いているところから、ずーっと可愛い」

力任せに抱き寄せる。細い美羽の体は難なく俺の腕に収まった。

「そう。お前は俺の専属だ」

辛抱できず、赤くなって戸惑う美羽の唇を奪った。

あのときと同じだ。

何度も唇を奪ううちに、強張っていた美羽の体から無駄な力が抜けていく。

俺は彼女を抱き上げ、寝室へ連れていった。

最近のすれ違いで生まれた隙間を埋めるように、たっぷりと可愛がってやった。


月曜日。

朝は俺の車で一緒に出社する。美羽は先週よりは落ち着いた顔をしていた。

先週の彼女は出かける前から『帰りたい』と小さく呟いていたな……と、しみじみ思い出す。

駐車場に車を停めると、美羽はこそこそと先に行こうとする。誰かに見られないようにするためだ。

「美羽」

肩を叩くと、ドアを開けようとしていた美羽が振り向いた。一瞬の隙を突き、触れるだけのキスをする。

「あっ、こら。朝から何するんですか！」

美羽は慌ててきょろきょろと周りを確認した。幸い、誰も通りかかっていない。

「元気出ただろ」

「刺激強すぎです！」

美羽は頬を膨らませると、素早くドアを開けた。

「いってきます」

むくれた顔でぼそっと言うと、ドアを閉めて走っていってしまった。

そんな姿も可愛いなあと思いつつ、遠ざかる背中を見送った。


昼休み。

先週は美羽が出張に行っていたこともあり、外出先で昼食をとったり、秘書が買ってきた弁当を食べたりしていた。

しかし今日は、美羽の手作り弁当がある。それだけでテンションが上がる。

彼女と付き合う前は、自分がこんなに単純な男だとは思っていなかった。

「ちょっと行ってくる」

仕事のキリがいいところで、秘書にひとこと言って社長室を出る。時計を見ると十二時ちょうど。いい感じだ。

美羽と出会う前は、昼食の時間など決めていなかった。秘書に言われなければ、二時でも三時でも気づかないで仕事をしていることもあった。

けれど一般社員の美羽は、よっぽど忙しくなければ、十二時から一時間休憩を取ることを奨励されている。多少前後することはあるが、俺も近い時間に休むと決めた。

俺が最初に休憩に入れば、秘書ものびのびと休憩できるだろう。逆に、俺がいつまでも仕事をしていては、秘書が休憩に入りにくい。それに気づかせてくれたのも美羽だった。

非常階段を使って屋上へ向かう。そこに美羽がいることを期待して。彼女は職場に友達がいないらしく、いつもぽつんとひとりでおにぎりを食べている。

ドアを開けると、休憩中の社員がまばらにいた。さすがに真夏に屋上へ来ようという物好きは多くないらしい。

屋上の片隅に、美羽はいた。やっぱりひとりで座っている。

いつもはあまり目立たぬよう、別々に休憩を取っている。けど、まあ、たまにはいいだろう。

「よう」

　声をかけると、うつむいて携帯を見ていた美羽が顔を上げる。

「あれ。珍しいですね」

「お前の顔が見たくてな」

　美羽はぎょっとした顔をして、周りをきょろきょろと見回した。

「あ、あのう、あんまり会社でそういうことは……」

　喜んでくれるかと思ったのに、美羽は申し訳なさそうに眉を下げる。その態度にまた苛ついた。

　彼女はまるで犯罪でもしているかのように、周りの目を気にしてオドオドしている。

　俺と付き合っているのがそんなに後ろめたいか。いったい、誰に対して？

「別にもう隠すこともないじゃないか。結婚して人事に届けを出したら、あっという間に周知されるさ」

　どすんと美羽の横に腰かけると、彼女はびくっとして、尻をずらして少し離れた。

「それはそうですけど、ね」

「何かくだらないやっかみを言われたら、俺に相談すればいい」

　どうせ『社長の威光のおかげで大きな仕事をもらっている』などと言われているの

だろう。男性社員のひがみほどみっともないものはない。

「俺たちは何も悪いことはしていない。仕事中にイチャイチャしているわけでもない。堂々とすればいい」

美羽が作った弁当を取り出して、箱を開ける。

美羽の弁当も同じものが入っている。はたから見れば、同じ人間が作ったことは一目瞭然だろう。

「そうですね……」

美羽は一応同意して、弁当をもそもそと食べ始めた。会話を楽しむ空気ではない。

零れそうになったため息を、お茶で流し込んだ。

「ねえ、あれ……」

遠くから小さな声が聞こえてきた。そっちを盗み見ると、木陰から女性社員ふたりがこちらを指差している。

隠れているつもりなのか、発見してほしいのかわからない微妙な隠れ方だ。

彼女たちはこちらを見ては顔を見合わせ、ひそひそと内緒話をした。かと思えば、美羽をじろじろと上から下まで見ていた。

ふと隣を見ると、美羽の箸が止まっていた。彼女も悪意を含んだ視線に気づいているのだろう。

「すみません、まだ仕事を残しているんです。お先に失礼します」

まだほとんど残っている弁当を片づけ、美羽は立ち上がる。引き留める間もなく、素早く走り去ってしまった。

「なんだよ……」

堂々としていればいい。あんなやつらの視線を気にすることはない。

どうすればわかってくれるのか。

キッと睨みつけると、女性社員たちは話をやめ、俺から見えないところに移動していった。


仕事を終えて家に帰ると、美羽はソファに両膝を抱えて座っていた。

「ただいま」

声をかけると、彼女はびっくりしたように振り向く。

「お、おかえりなさい。ご飯、すぐ用意します」

慌ててキッチンに向かう美羽の腕を捕まえた。

「最近様子がおかしいけど、どうした？」

単刀直入に聞いてみた。どうも、美羽の気分が沈みがちなことが気になって仕方がない。

「俺ができることなら、なんでもする」

だから話せ。ひとりで抱えるな。

じっと見つめると、美羽は情けなく眉を下げた。

「いえ、あの……落ち込むこともあるんですけど、それは個人的な問題で」

「お前の問題は俺の問題だ」

ちゃんと話すまで解放されないと悟ったのか、美羽は観念したようにため息をつく。

「……自信がなくて」

「ん？」

「昴さんの横にいるのは私でいいのかなって、思っちゃうんです」

美羽が何を言わんとしているのかわからなくて、黙って続きを待つ。彼女は泣きだしそうな顔をしていた。

「仕事でミスすれば『社長に見込まれたんだからもっと頑張れよ』って言われちゃうし、外を歩けばみんなが疑惑の目で私を見ている気がするんです」

どうやら、松倉とかいう社員から情報が漏れて拡散されたらしい。美羽は恨めしげに語った。

「疑惑って？」

「どうしてあんな平凡な女の横に、あんなハイスペックな男がいるんだろう？って。何か姑息な手でも使ったんじゃないかって」

そういえば、公園でも小学生が通って好き勝手言っていたとき、美羽は固まっていたっけ。

俺自身は気にしていなかったが、美羽が外出を避けるのには、そういう理由があったのか。

「俺の顔が濃いから目立つだけだろ」

「違います！　昴さんはすごいんです。見た目も芸能人みたいだし、その若さで社長だし」

「親の七光りだけど」

「でも、でも、ちゃんと仕事ができるじゃないですか。そんな人の彼女がどうして私なのか、周りは知らなくて。名前さえ知らない女性社員にも、好き勝手ひどいことを言われてて……」

そこまで言って、美羽は口をつぐんだ。

俺はため息をつく。

女性社員まで美羽のことを妬んでいるのか。俺が社長でなければ、そんなことはなかっただろう。

「言いたいやつには言わせておけばいい」

美羽の頭を撫でる。さらさらと髪が揺れた。

「お前は綺麗だよ、美羽」

本心で言っているのに、美羽はうつむいて首を横に振る。

「……よし。わからせてやろう」

俺は無理やり美羽を抱き上げ、アトリエに連れていく。

「あの、何を」

戸惑いの声を上げる彼女を、アトリエのソファに下ろす。いつもモデルにポーズを取らせていたソファだ。

「全部脱げ」

「は⁉」

「俺がお前を描いてやる。それを見て、自分が外からどう見えているかを判断すればいい」

初めて美羽がこの部屋に来たときも、彼女の絵を描こうとした。でもあのときは絵よりも美羽の体が欲しくて、寝室に移動してしまった。

それ以来、いくら頼んでも美羽はモデルになろうとしない。たぶん自信がないからだろう。

待っていても、美羽は自分で服を脱ぐことはしない。俺はスーツの上着を椅子にかけ、ネクタイをほどいた。

ゆっくりと近づく。抱きしめてキスをしながら、ベッドの中にいるときと同じ手順で服を脱がせていく。

初めは抵抗する素振りを見せていた美羽も、だんだん脱力していた。

「冷房は寒くないか」

一糸まとわぬ姿になった美羽は、とうとうこくりとうなずいた。どうやら覚悟を決めたらしい。

「よし」

イーゼルを立て、スケッチブックを置いた。鉛筆を持ち、構図を決める。

「寝転んで。ジョルジョーネの『眠れるヴィーナス』みたいに」

スケッチブックを横長になるように回転させると、美羽もゆっくりと体を倒した。

「うっ……こ、こうですか」

ソファに寝転んだ美羽は、丸い胸を俺に向かってさらけ出した。つんと上がっているバストより、俺はこの丸いバストが好きだ。

腰のくびれのラインも、どんな陶器にもない美しい曲線を描いている。

「いいね」

それきりお互いに無駄な話はやめ、鉛筆を動かす音だけが部屋に響いた。

何度も女性モデルを呼んで裸を描いたことがある。けど、これほど高揚した気分でスケッチブックに向かうのは初めてだ。

顔の丸み、髪のツヤ、細い肩にちょうどいい大きさの胸。

初めは恥ずかしさで泣きそうになっていた美羽の目が、だんだんこちらを挑むように見つめてくる。

綺麗な目だ。赤い唇も、小さめの鼻も……すべてが愛おしい。

そこにいる美羽を紙に写し取ることに没頭した。

時間を忘れて描き終わると、ふう、とため息が漏れた。

「できた。もう楽にして」

ずっと同じポーズを取り続けるのは、楽なように見えてつらい。美羽も深く息をつく。次の瞬間、足にかけてあったブランケットを胸まで引き寄せた。

「見てみろ。ほら」

スケッチブックには、修正なし、正真正銘見たままの美羽の姿がある。

「綺麗だろ」

渡されたスケッチブックを、美羽は食い入るように見ていた。指先で、描かれた自分の頬を撫でている。

「……やっぱり、顔は十人並みです」

「は？」

こんなに美人に描いてやったのに、何を言っている。

眉をひそめる俺とは対照的に、美羽はふにゃりと笑った。

「でも、昴さんが私を愛してくれているのは、とっても伝わります。ここにいるのは、平凡な女。なのに不思議と、魅力的」

スケッチブックから顔を上げ、彼女は俺に微笑む。

「ありがとう、昴さん。あなたには私がこう見えているんですね。すごく嬉しい。とても素敵な作品です」

そこにはもう、自信がなくてうずくまっている美羽はいなかった。

「わかってもらえて、よかった」

俺から見たら、美羽は世界中の誰よりも魅力的なんだ。俺はそのままのお前を愛している。

「愛しているよ、美羽」

スケッチブックを美羽の手から取って脇に置く。突然のことに戸惑う裸の彼女を、ソファに押し倒した。

それから美羽は、落ち込むことが少なくなった。会社でも堂々とできるようになったそうだ。

俺としては普段から愛情をむき出しにしてきたつもりだったが、美羽には普通のコミュニケーションより、画材を通した方が伝わるらしい。

俺の婚約者は、面倒くさくて可愛い。

彼女は半年後、妻になった。

そして一年後。

「横を向いて座って。そう、お腹を撫でるように。いい感じだ」

美羽は背中にクッションを置いて座っている。俺はまた、彼女をモデルにスケッチを描く。

ふっくらと膨らんだ美羽のお腹の中には、新しい命が宿っている。

かつて子供嫌いだった美羽は、優しい手つきで腹を撫で、語りかけるように微笑んだ。俺は鉛筆で、今しかないその姿を紙に刻みつける。

これからも、愛おしい彼女の面影を、心のキャンバスに焼きつけていく。

「俺って幸せ者だな」

呟くと、美羽がこちらを見て笑った。

「私の方が幸せだよ」

こちらもつられて笑顔になる。

これからも、この笑顔を守っていこう。

決意を込め、小指の横が真っ黒になるまで、鉛筆を動かし続けた。


【完】

あとがき

はじめましての方もそうでない方も、こんにちは。真彩 -mahya- です。

このたびは本作をお手に取っていただき、ありがとうございます。

久しぶりのオフィスラブでしたが、いかがだったでしょうか。

今回は絵画好きの社長と、画家を目指したことのあるＯＬのお話でしたが、実は私も高校生のときに美術部に所属していました。

私は幼い頃から絵が好きで、ずっと漫画家になりたかったのです。

でも、どれだけ練習しても、絵は上手になりませんでした。技術が向上しても、所詮は既存の作品のまねごと。華やかさとか、個性とか、そういうものが私の絵にはありませんでした。

友人たちの素晴らしい作品を見ては、とても羨ましく思ったものです。どうして私には才能がないのか。羨ましさは悔しさでもありました。

今思えば、上手な人は私なんかよりもっともっと努力していたと思いますが、当時の私はすっかりいじけて、絵で生きていく道を諦めてしまいました。

それでも何かを表現したいという思いは変わらず、漫画と同じく小学生の頃から書いていた小説……高校卒業と共にそれも長くやめてしまっていたのですが、出産後、家にいるようになってから再開。

最初は完全に趣味だった小説が、こうして書店に並び、皆さまのお手に取っていただける日が来るとは……。

人生とは、わからないものです。もし皆さまが何かを諦めようとしているなら、もう少しゆっくり考えてみてもいいのかなあと……お節介ですが、そう思います。

最後になりましたが、編集を担当してくださった説話社の三好さま、矢郷さま。前作『恋華宮廷記～堅物皇子は幼妻を寵愛する～』に引き続き、素敵な表紙イラストを描いてくださったぽぽるちゃさま。スターツ出版の皆さま。そしてこの書籍に携わってくださったすべての方にお礼申し上げます。

そして、最後まで読んでくださった読者の皆さま。本当にありがとうございました。

今後も楽しんでいただける作品を書けるように頑張ります！

真彩《まあや》 -mahya-

真彩 -mahya- 先生への
ファンレターのあて先

〒104-0031
東京都中央区京橋1-3-1
八重洲口大栄ビル7F
スターツ出版株式会社　書籍編集部　気付

真彩 -mahya- 先生

本書へのご意見をお聞かせください

お買い上げいただき、ありがとうございます。
今後の編集の参考にさせていただきますので、
アンケートにお答えいただければ幸いです。

下記URLまたはQRコードから
アンケートページへお入りください。
https://www.berrys-cafe.jp/static/etc/bb

独占欲高めな社長に捕獲されました

2019年7月10日　初版第1刷発行

著　者　真彩 -mahya-

発行人　松島 滋
デザイン　カバー　北國ヤヨイ
フォーマット　hive & co.,ltd.
校　正　株式会社　文字工房燦光
編集協力　矢郷真裕子
編　集　三好技知（説話社）
発行所　スターツ出版株式会社
〒104-0031
東京都中央区京橋1-3-1　八重洲口大栄ビル7F
TEL　出版マーケティンググループ　03-6202-0386
（ご注文等に関するお問い合わせ）
URL　https://starts-pub.jp/
印刷所　大日本印刷株式会社

Printed in Japan

ISBN 978-4-8137-0714-1　C0193

ベリーズ文庫 2019年7月発売

『契約新婚～強引社長は若奥様を甘やかしすぎる～』　宝月《ほうづき》なごみ・著

出版社に勤める結奈は和菓子オタク。そのせいで、取材先だった老舗和菓子店の社長・彰に目を付けられ、彼のお見合い回避のため婚約者のふりをさせられる。ところが、結奈を気に入った彰はいつの間にか婚姻届を提出し、ふたりは夫婦になってしまう。突然始まった新婚生活は、想像以上に甘すぎて…。

ISBN 978-4-8137-0712-7／定価：本体630円＋税

『新妻独占 一途な御曹司の愛してるがとまらない』　小春《こはる》りん・著

入院中の祖母の世話をするため、ジュエリーデザイナーになる夢を諦めた桜。趣味として運営していたネットショップをきっかけに、なんと有名ジュエリー会社からスカウトされる。祖母の病気を理由に断るも、『君が望むことは何でも叶える』──イケメン社長・湊が結婚を条件に全面援助をすると言い出して…!?

ISBN 978-4-8137-0713-4／定価：本体640円＋税

『独占欲高めな社長に捕獲されました』　真彩《まあや》-mahya-・著

リゾート開発企業で働く美羽の実家は、田舎の画廊。そこに自社の若き社長・昴が買収目的で訪れた。断固拒否する美羽に、ある条件を提示する昴。それを達成しようと奔走する美羽を、彼はなぜか甘くイジワルに構い、翻弄し続ける。戸惑う美羽だったが、あるとき突然「お前が欲しくなった」と熱く迫られて…!?

ISBN 978-4-8137-0714-1／定価：本体630円＋税

『ベリーズ文庫 溺甘アンソロジー3 愛されママ』

「妊娠＆子ども」をテーマに、ベリーズ文庫人気作家の若菜モモ、西ナナヲ、藍里まめ、桃城猫緒、砂川雨路が書き下ろす魅惑の溺甘アンソロジー！　御曹司、副社長、エリート上司などハイスペック男子と繰り広げるとっておきの大人の極上ラブストーリー5作品を収録！

ISBN 978-4-8137-0715-8／定価：本体640円＋税

『婚約破棄するつもりでしたが、御曹司と甘い新婚生活が始まりました』　滝井《たきい》みらん・著

家同士の決めた許嫁と結婚間近の瑠璃。相手は密かに想いを寄せるイケメン御曹司・玲人。だけど彼は自分を愛していない。だから玲人のために婚約破棄を申し出たのに…。「俺に火をつけたのは瑠璃だよ。責任取って」──。強引に始まった婚前同居で、クールな彼が豹変!?　独占欲露わに瑠璃を求めてきて…。

ISBN 978-4-8137-0716-5／定価：本体640円＋税

タイトル、価格等は変更になることがございますのでご了承ください。